SV

Christiane Rochefort
Die Tür dahinten

Roman

Aus dem Französischen
von Eugen Helmlé

Suhrkamp Verlag

Titel der Originalausgabe:
La Porte du fond

Zweite Auflage 1990

Druck: May + Co, Darmstadt
Printed in Germany

Für Jeffrey Mousaïeff Masson

I

Ihr, die ihr hier eintretet

Zunächst einmal muß ich die Dinge klarstellen: nichts erschreckt mich so sehr wie ein geliebtes Kind in einer einigen Familie. Armes Wurm.

Ich spüre, daß mir diese Erklärung keine einmütige Sympathie eintragen wird. Aber soll deshalb auch ich eine rosarote Brille aufsetzen? Im Konzert der Engel meine kleine Trompete an den Mund setzen? Ich denke nicht daran, ich werde aus dem Rahmen fallen. Wie immer und überall. An der Uni und in der Klapsmühle, bei den Verrückten, und draußen, im Hotel Meurice und unter den Brücken, in der Kirche und auf der Sexparty. Bei dieser verfluchten Weihnachtsmesse einst, wo ich, hochrot im Gesicht, mit meiner uneingestandenen und plötzlich für das ganze Kirchenschiff sichtbar gewordenen Sünde allein auf den Bänken des Chors sitzen geblieben war. Alle reinen Seelen waren hinuntergegangen zur heiligen Futterkrippe, die kleinen Schlampen. Alle, außer mir. Und es war nicht, weil ich Gott fürchtete oder Angst vor der Hölle hatte, daß ich es nicht wagte, mich mit ungewaschener Seele dem Tisch des Herrn zu nähern: nein, weil ich ehrlich sein wollte. Ehrlich! So eine Dummheit. Zu wem?

Andererseits weiß ich auch, daß niemand namentlich Schuld daran hat. Das habe ich meiner Mutter gesagt, als ich sie nach zwanzig Jahren nicht angekündigten Verlassens (weggegangen, um Streichhölzer zu kaufen und nie zurückgekommen) zum letzten Mal wiedergesehen habe, meiner Mutter, ganz schmächtig und zerstört in ihrer ungeheuren Demütigung durch mich, durch das Leben. »Es ist nicht unsere Schuld«, sagte ich immer wieder, und es war das einzige Mal, daß wir nahe daran waren, gemeinsam zu weinen, aber bei uns wahrt man das Gesicht, danach habe ich sie von neuem verlassen, trotz meines nicht minder ungeheuren Mitleids, aber zuerst einmal ich, verstehen Sie? Ich fürchte, Sie verstehen nicht. Ich habe ihr einen zwölf Seiten langen Brief hinterlassen, in dem ich die elende Rolle der Mütter in der patriarchalischen Gesellschaft klar darlegte. Was für ein Geschenk. Das alles ist niemandes Schuld bis Adam und Eva einschließlich, davor weiß ich nicht. Und weil der, dem die Schuld zufällt, seit Jahrtausenden körperlos und außer Reichweite ist, muß man sich eben an das halten, was man vor sich hat. Das ist zwar nicht gerecht, doch wer spricht von Gerechtigkeit.

Das erinnert mich an Ben, der in seinem Alkoholalbtraum brüllte: »Mom, you stuped beast! You stupid beast!«, und als ich ihm beim Wachwerden fröhlich vom Schrei seines Unterbewußtseins erzählt habe, hat er es abgestritten und behauptet, ich beherrschte die Sprache nicht gut genug, ich hätte das falsch verstanden, und außerdem habe er mit Sicherheit nicht »Mom« gesagt. Aber ich bin da ganz unbesorgt. Das einzige, was ich für das Andenken meiner Mutter tun kann, ist, daß ich hier nicht ihren ganzen Namen hinschreibe.

Was wäre aus mir geworden

Als ich auf Anregung Aris, meines geistigen Bruders, in der Bibliothek, wo ich hauptsächlich meinem Studium nachging, zum ersten Mal Freud gelesen habe, kochte ich die Hälfte der Zeit vor Wut: natürlich ist es wieder einmal die Schuld der Kinder, die Alten ziehen sich immer weiß wie Schnee aus der Affäre (mein jugendlicher Scharfsinn möge Sie nicht erstaunen, ich hatte teuer dafür bezahlt). Allerdings hatte ich den Eindruck, hier und da Anspielungen auf erwachsene Ruchlosigkeiten bemerkt zu haben, und das hatte mich aufgeschreckt (denn, wie ich schon sagte, wenn jemand Bescheid wußte, dann ich), aber das verlief sich sehr schnell im Sand, und auf wunderbare Weise bekamen die Kinder bald wieder alles aufgehalst. Um herauszufinden, wie man, in die andere Richtung marschierend, dort gelandet war, Nebel. Doch wie auch immer, ich war schon so mancher falschen Logik unter gelehrten Federn begegnet; wie etwa die berühmte Schlußfolgerung vom Pflug, der vor die Ochsen gespannt wird, aber lassen wir das, ich habe keine Zeit, allzu kleinlich zu sein, ich hab's eilig: ich muß alles sofort über alles wissen. Ich spürte, daß es hier für mich eine Ausgangstür gab. Was auch stimmte. Besonders im Hinblick auf Verrücktheit war ich ganz persönlich in die Angelegenheit verwickelt, als eine vom Psychiater Ex-Bedrohte und als eine Wahnvorstellungen Ex-Hingegebene: »Wie soll man beweisen, daß man nicht verrückt ist, wenn sie einen mal haben?« Antwort, unmöglich. Was natürlich verrückt macht. Achtzehn Jahre auf dem Spielfeld, da ist man zwangsläufig nicht mehr ganz frisch: ich wollte wenigstens wissen, was für eine Art von Verrücktheit ich mir anstecken durfte, insbesondere, ob es eine von denen war, die zum Genie gehören, für die es so viele berühmte Beispiele gibt. Deshalb blieb ich auf meinem harten Stuhl sitzen, festgezurrt an diesen Haufen Dummheiten mit ein paar Perlen (oder meinetwegen an diesen Haufen Perlen mit ein paar Dummheiten, aber das ändert nichts): ich jedenfalls warf meine Netze aus. Und je mehr ich nun fischte, mein Netz auswarf und wieder fischte, fing und wieder auswarf, um so mehr verlor die Landschaft ihre erschreckende Starrheit – Makel Blut Atavismus Erbgut (aus persönlichen Gründen verabscheue ich das Erbgut) –, wurde erforschbar, von Bahnen durchzogen, entzifferbar und folglich, wer weiß, veränderbar. So ging es mir, völlig versöhnt mit dem braven Doktor, die andere Hälfte der Zeit wieder recht manierlich, als ich, peng, auf den Penisneid stoße. Den ich nicht habe, das können Sie mir glauben. Nein? Gut, das ist Ihr Problem. Ich hätte gern ein Pferd, ein blaues Kabriolett, einen Dreimaster, Schlittschuhe, ein Klavier, Genie und einen Haufen anderer Dinge, alle in keinster Weise symbolisch, und Ihr Penis, das ist wieder der Pflug vor den Ochsen, nein, wirklich, was sind das nur für Leute, die besser wissen als ich, was ich will, für wen halten die sich überhaupt? Nachdem mein Zorn verraucht war, schob ich den Penis nach hinten hinter den Ödipus und machte bis zur Erschöpfung weiter mit dem Fachbereich Freud. Seufzte. Streckte mich. Ließ einen Augenblick lang meine Gedanken schweifen – und plötzlich schlug ich mir heftig mit der flachen Hand an die Stirn, worauf zwölf Köpfe aufsahen.

Mein Gott, was wäre aus mir geworden, wenn es Papa nicht gegeben hätte!

Dieser Schweinehund.

Ich hatte mir gerade eine Psychoanalyse erspart.

Papa war ein Miststück. Alle Welt war sich darin einig. Ausgenommen meine Mutter, die nie auf ihn anspielte und nicht wollte, daß in ihrer Gegenwart an seine Existenz erinnert wurde. Aber hinter ihrem Rücken, ach du meine Güte! Nur über ihn waren alle aus dem Umfeld, ansonsten verfeindet, einer Meinung: zu meiner Rechten die frömmelnde Großmutter, die vergessen hatte, wo sie selber herkam, und der deshalb die Mesalliance, wie sie sagte, ihrer Tochter im Magen lag; zu meiner Linken, die dicke Babette, ungläubig, aus dem Limousin stammend und Concierge, die wochentags alle Kinder des Hauses großgezogen hat, gesegnet sei sie für das Böse, das sie uns nicht angetan hat. Und für ihre großen Lammkeulen und ihren Hasenpfeffer und ihre riesigen Apfelkuchen, ach, sie war's, die mir beigebracht hat, was gut ist. Sowie für alles Unglück der Welt, das in ihre Hausmeisterloge gesegelt kam – hauptsächlich das von den Männern verursachte, die »immer nur an das eine denken, alles Schweine« – und rückhaltlos über uns Kleinen hereinbrach, die das nicht begreifen können, und das bildet dann die Jugend. Ihr zerbrechlicher Mann hingegen, ein Philosoph wie alle Schuster, erklärte mir mit dem Akzent Okzitaniens, während er Nägel in Schuhsohlen schlug, wieso der Wal den Jonas nicht hatte verschlingen können, aus anatomischen Gründen, und brachte mir damit sowohl Logik als auch Zoologie bei, womit er die Bemühungen des anderen Lagers, mich zu Gott zu erheben, zunichte machte, und so bin ich mitten in den Religionskriegen und im Klassenkampf aufgewachsen, gesegnet seien die Dissonanzen.

Über Papa aber, Einstimmigkeit. Erstens, er hatte meine Mutter mit dem Kind am Hals sitzenlassen (»dein Vater ist ein Schweinehund«), und sie opferte sich seitdem für mich auf (»deine Mutter opfert sich für dich auf«) – was hätte sie auch anderes tun können, sagte ich mir wie jedes Kind mit fünf, sechs, dem man einen solchen Vortrag hält, der nie zieht, sie müßten es eigentlich seit Generationen wissen, aber nein, sie machen munter weiter. Und wir, wir warten mit unserem verstockten Gesicht, bis das aufhört: wir haben nicht danach verlangt. Und selbstverständlich wird etwas von uns eingefordert, als Gegenleistung für dieses Nichtverlangte, selbst wenn es nicht gesagt wird, man hört es in der Stimme, es ist traurig, Erwachsene anzuschauen, die gerade dabei sind, sich für subtil zu halten, man sieht alles verkehrt. Zweitens, man mußte diesen Schweinehund suchen lassen (die Polizei?), damit er die Alimente ausspuckte (so wie ich ihn später gekannt habe, frage ich mich, wie ihnen das auch nur ein einziges Mal gelungen ist). Und drittens »führte er ein liederliches Leben« mit Frauen. So wenig ich über dieses Thema auch wußte (das ja eher lustig klang: ein liederliches Leben), schien mir dieses Verbrechen weder so schlimm, wie es mir dargestellt wurde, noch überraschte es mich: mit meiner Mutter ein Leben zu führen, war sicherlich nicht lustig, davon konnte ich ein Liedchen singen, ich, die ich meine jungen Jahre damit verbracht habe, ihr zu gefallen, es zu versuchen, ohne daß es mir je gelungen ist. Bis ans Ende. Einschließlich.

Am Ende kam es zu diesem Dialog. Eine zwanzigjährige Suche nach Streichhölzern trennte ihn vom Vorhergehenden. Sie sagte:

»Du bist gut zurechtgekommen im Leben.« Und:

»Du hast ganz schön Reklame für dich gemacht.«

»Dabei hast du immer von dir behauptet, eine Idealistin zu sein. Wolltest alles kaputt machen.«

(Eine Werbeagentur zu leiten weist in der Tat nicht

allzusehr auf so was hin. Und die Idee im Hinterkopf bleibt, wie das Wort schon sagt, im Verborgenen.)

Schließlich sagte ich: »Du sprichst wie meine Feinde. Du sprichst wie die Leute, die nicht Bescheid wissen.« Und:

»Wenn du mich in der Rue Saint-Denis auf dem Strich gefunden hättest, wärst du zufriedener gewesen.«

Sie sagte noch: »Ich hoffe, du wirst nicht dein ganzes Leben in den Zeitungen ausbreiten.«

(Ich hatte erst ein einziges Interview gegeben, mit dazugehörigen Fotos, über meine augenblickliche Stellung, damals für eine Frau nicht alltäglich!)

Ich entgegnete: »Warum nicht?«

»Es gibt Dinge, die man nicht sagt.«

Am anderen Tag bin ich in aller Herrgottsfrühe zum Notar gelaufen und habe mich mit einem Testament lächerlich gemacht, denn man weiß weder den Tag noch die Stunde: demnach entziehe ich allen Verwandten, nahen oder entfernten, einschließlich der noch zur Welt kommenden, das Recht, ihre Pfoten in das zu stecken, was ich in irgendeiner Weise hinterlassen könnte scripto audito viso und alles jetzt und in Zukunft zu Erfindende.

Nicht, daß ich damals auch nur das geringste mit Ewigkeitswert hervorgebracht hätte. Aber ich kann es einfach nicht ertragen, ich kann es nicht ertragen, das ist alles.

Sie hat mich gefragt: »Da du so wenig von deiner Erziehung hältst, wie müßten Kinder deiner Meinung nach erzogen werden?«

»Ich weiß es nicht. Ich habe keine in die Welt gesetzt.«

»Du hast also keine Hoffnung?« sagte sie mitleidig.

(Es stimmt, mit etwa zwölf Jahren bekam ich eine panische Angst davor, ein Otterngezücht hervorzubringen.)

Sie hat mich auch gefragt, weshalb ich weggegangen sei, es habe kein Grund dazu bestanden, sie habe mir die Freiheit gelassen, »mein Leben nach meiner Fasson zu gestalten«, obgleich ich nicht einmal volljährig war, sie versteht das nicht. Sie versteht nicht, was ich ihr vorgeworfen habe.

Ich sagte, ich wagte, ich nahm meinen ganzen Mut zusammen (im Grunde habe ich sie in dieser Absicht aufgesucht), daß wir darüber sprechen könnten, jetzt, wo wir groß seien, und nach all dieser Zeit, daß wir über das reden könnten, was in dieser Familie geschehen sei ... Sie unterbricht mich schneidend:

»Über diese Dinge spricht man nicht.«

»Worüber spricht man dann?« sagte ich nicht.

Das führte immer wieder zum Schweigen.

Ich sagte schließlich: »Hör zu, ich bin diese Art von Beziehungen überhaupt nicht mehr gewöhnt« – das werfe ich meiner Mutter an den Kopf. Meiner Mutter! Spricht man so mit einer Mutter? Ich meine, in dieser Syntax. Mit diesen Worten. »Diese Art von Beziehungen!« Ich höre mich, genau in diesem Augenblick höre ich meine Stimme diesen abscheulichen Satz sagen, und während er aus meinem Mund kommt, spüre ich, wie sich mir die Haare im glattrasierten Nacken sträuben, bedient man sich eines solchen Stils einer Mutter gegenüber?

Ich habe mit einer Person gesprochen.

Skandal.

Ich habe keine Mutter mehr.

Ich habe sie ausgelöscht.

Die Tatwaffe war der Stil.

Die Gelehrten erklären uns mit Hilfe der Sprache (es ist das, was sie besitzen), daß man sich mit der Sprache nicht verständlich machen könne. Das stimmt tatsächlich. Sie sind der beste Beweis dafür. Mit der Sprache macht man sich nicht verständlich, o.k. Aber mit dem Stil, ja, da macht man sich verständlich, o ja!

Meine Mutter schweigt. Ich habe gewonnen. Entsetzlich. Ich bin krank vor Mitleid. Der Schmerz des Henkers. Ich Ungeheuer. Warum tue ich ihr das an. Arme Frau. Ach du Schande. Das verdient sie nicht. Aber ich habe es ihr angetan, so ist das. Und ich will es nicht zurücknehmen. Ich kann nicht ich kann nicht. Schade.

Zum Teufel. Was für ein Ungeheuer bin ich.

Mein Leben, mein Leben!

Ich habe nicht aufgedeckt, »was in dieser Familie geschehen ist«. Mitleid. Ach, ich vermag mich gegen Verweigerungen nicht durchzusetzen. Eigentlich geht es die Leute etwas an, was sie in ihren Tellern haben wollen oder was nicht und überhaupt: was hätte sich geändert, wenn ich es aufgedeckt hätte? Denn schließlich – zum ersten Mal entstand dieser Gedanke in mir – wußte sie denn nicht Bescheid? Und – o mein Gott – hat sie nicht immer Bescheid gewußt?

Wie hätte sie sonst vorbringen können, daß es in meinem Leben »Dinge gibt, die man nicht sagt«? Wie hätte sie sonst behaupten können, daß in dieser Familie Dinge geschehen sind, über die »man nicht spricht«?

Trotzdem darf ich ihr nicht alles aufbürden. Jeder hat bei dieser Geschichte unrecht, jeder sitzt in einer Ecke mit einer gelähmten Zunge im Mund.

Wir alle waren Lügner, Heuchler, Feiglinge und Schmutzfinken. Es war ein richtiger Wettstreit an Schmutz.

Und da ich schließlich meine Haut gerettet habe – na ja, es muß schnell gesagt werden –, könnte man daraus schließen, daß ich die Schlimmste des ganzen Haufens bin und mich zur Siegerin des Wettkampfs erklären.

Sicherlich dürfte ich mildernde Umstände geltend machen: Ich hatte keine Waffen, und die andern um mich herum starrten nur so von Waffen.

Aber ich werde sie nicht geltend machen. Wer glaubt an die Unschuld des Schwachen? Sagt man nicht, er habe sich das, was ihm zustößt, irgendwie selber zuzuschreiben? Er selber, in seinem Herzen zwar sicher, daß das nicht stimmt, ist nicht frei von im Grunde legitimen Zweifeln: wäre er völlig unschuldig, wäre er tot.

Eine schöne Liebesgeschichte

Die Szene spielt sich vor Gericht ab. Ich bin sieben Jahre alt. Man hat mich nicht darauf hingewiesen, wozu wir hier sind. Da ist dieser Unbekannte, der mit albernem Lächeln stocksteif dasteht. Man stellt mich vor ihn hin. Sie, meine Mutter, sagt zu mir:

»Gib deinem Vater einen Kuß.« Und ich:

»Nein.«

Sie verpaßt mir eine Maulschelle. Meine erste.

Wir sind alle drei nach Hause gegangen, und wir sind eine Familie gewesen.

»Und meine Eltern waren geschieden«, sagte die Behinderte, die ich in einer unvorsichtigen Anwandlung von Mitleid in meinem Kabrio mitgenommen habe, zum Abschluß der beklagenswerten Geschichte ihres Lebens in weinerlichem Ton zu mir.

»Die meinen auch«, sagte ich, »so ein Schwein, wie?«

Leider sind sie es nicht geblieben.

Noch lange Jahre hindurch habe ich sie geliebt, meine Mutter, auf jeden Fall ausreichend geliebt, um mich außerstande zu sehen, sie eigenhändig zu töten. Er hatte zu mir gesagt:

»Wenn deine Mutter es erfährt, wird sie sich aus dem Fenster stürzen.«

Eine fähige Frau

Und selbstverständlich war sie dazu fähig. Sie hatte Schlimmeres getan als das. Sie hatte sich geweigert, Schuhe anzuziehen. In die Schule zu gehen. Nach Hause zurückzukommen. Lebte auf den Äckern, von ausgegrabenen Karotten: so wurde mir ihre Legende berichtet. Mit dreizehn Jahren wurde die Rebellin von ihren plötzlich reich gewordenen Eltern in die Stadt zurückgebracht, bekam Schuhe, wurde in die Schule gesteckt, sie hatte alles auf einen Schlag nachgeholt. Sie hatte dem begüterten Bräutigam in den hellgelben Handschuhen, den sie ihr besorgt hatten, seinen Strauß weißer Nelken ins Gesicht gefeuert und war weggelaufen, um mich, im Wald von Meudon, mit diesem kleinen, gleichaltrigen (achtzehn) Taugenichts als ein Kind der Liebe zu machen, man konnte sie gerade noch rechtzeitig mit ihm verheiraten, der sich dann sehr schnell aus dem Staub gemacht hat, und sie opferte sich für mich auf, mit moralischer Strenge und Rizinusöl und hübschen Kleidchen, mit denen sie sich am Abend nach dem Büro die Augen verdarb und die am nächsten Tag hingepfuscht waren, mit keuscher Flanellwäsche drunter. Sie machte aus meiner Gesundheit einen Kult und hatte eigens einen Arzt dafür, ließ mich grüne Bohnen voller Fäden verschlingen und weichgekochte Teighörnchen und klebrige Haferflocken – in der Küche taugte sie nicht viel, aber sie hatte einen hübschen Bleistiftstrich, Feenfinger und einen Hang zur Perfektion. Besonders was mich anging. Als Person war sie beachtenswert, als Mutter war sie Savonarola. Es wurde gar nicht erst angenommen, daß ich etwas unter dem Gürtel hatte, höchstens was zum Abführen. Selbst mein Obendrüber war nicht fleischlich. Ich erinnere mich an Babettes Arme, nicht an die ihren. Sie bereitete mich auf die Heiligkeit vor. Wenn schon gebären, dann einen Engel, darunter würde sie es nicht tun. Die Latte war zu hoch für mich: Ich schlängelte mich durch Schande und Frömmigkeit. Ein einziger ihrer Blicke ließ mich zu einem Haufen Dreck zusammenschrumpfen.

Sie war die schönste, eleganteste, stolzeste, intelligenteste aller Mütter, die ich bei den andern sah. Sie las jede Menge Bücher. Von denen sie mir das gab, was ihrer Meinung nach ohne Gefahr für meine Seele war (was mich dazu verleitete, in den andern herumzuräubern, und so las ich alles mögliche, von Maupassant bis Delly). Sie hatte sich ganz allein, zu Fuß, auf eine Schwadron Gardes Mobiles gestürzt, die zu Pferd auf die Menge zustürmten, in jener wirren Zeit mit Hitler nebenan. Sie ist schließlich bei den Anarchisten gelandet.

Selbstverständlich war sie dazu fähig.

Er konnte mir vertrauen.

Er hatte leichtes Spiel.

Ein ausgezeichneter Stratege

Ich muß sagen, er war ein ausgezeichneter Stratege.

Oder ist ein ausgezeichneter Stratege jeder, der das Recht bekommen hat zu befehlen? Eine Art »Genie des Standes«, so wie man bei den unreinen Beichtvätern von der »Gnade des Standes« spricht. Im Grunde sind die Chefs selten wegen ihrer Intelligenz aufgefallen, sondern in der Hauptsache, weil sie im Blickfeld standen und niemand sie verfehlen konnte. Es genügt, daß man im richtigen Augenblick das hat, was gebraucht wird, um an die richtige Stelle katapultiert zu werden, und ist man erst einmal da, braucht man nur noch den kleinen Finger zu heben. Mir brauchte man das nicht beizubringen, ich war nämlich mal König. Als ich mit sechs Jahren König gewesen bin, habe ich ebenfalls Gesetze erlassen. Ich erinnere mich nur noch an eines: »Jedermann tut, was er will.« Ich bin mir heute nicht mehr sicher, ob es ein gutes Gesetz war, in Anbetracht dessen, was jedermann ist, aber das habe ich damals noch nicht gewußt, man muß eben König sein, um ein solches Gesetz zu machen. Mir hat nur ein Volk unter mir gefehlt.

Auch meinem Vater fehlten viele, allzu viele Dinge, um König zu sein. Oder auch nur Kriegsherr (das hätte ihm teuflisch gut gefallen). Er war nur Familienoberhaupt, was zu Anfang bloß ein ganz kleines Spermazoid erfordert, und damit war er reichlich versehen. Doch in seinem begrenzten Tätigkeitsbereich legte er ein Genie an den Tag, das nicht geringer war als das größte. Ärgerlich geworden durch meine Anwandlungen schlechten Willens, auf seine Aufforderungen einzugehen, sagte er zu mir:

»Wenn du nicht lieb bist, herrscht Krieg.«

Krieg heißt Wiederherstellung des üblichen Familienverhaltens, unter der väterlichen Autorität und gedeckt durch das Gesetz.

(Das anzurufen er keinen Augenblick zögern wird, sobald er die Gefahr spürt. Notwehr. Es ist ein allgemeiner Reflex.)

Sobald der Krieg erklärt war, begannen die Beschimpfungen auf mich herabzuprasseln. Keine Schläge, nein. Ich war kein Märtyrerkind, o nein. Man hat eher an meine Intelligenz appelliert. Die Wörter. Da kam mehr dabei heraus.

In Kriegszeiten war alles, was ich tat oder nicht tat, schlecht. Und keine Ruhepause. In diesem Kleinkrieg wurde ich verstoßen, abgestumpft, blöde, ich machte nur Dummheiten (ein Zug, der mir leider geblieben ist, wenn man mir auf die Finger schaut: ich muß darauf achten, daß das nicht geschieht, folglich ein Circulus vitiosus, und wie. Er war nicht der Vollstrecker der Kränkungen. Ruhig, im Hintergrund, wie jeder gute General, griff er nicht persönlich ein; lediglich eine diskrete Wiederankurbelung, wenn die Aktion nachließ: meine Mutter, geschickt manipuliert, betätigte sich allein an der Front.

Informiert durch seine loyale Vorankündigung, konnte ich das Manöver mitverfolgen, das meine beklagenswerte Mutter überhaupt nicht durchschaute – und glauben Sie ja nicht, ich sei eine so gerissene Person gewesen: die normale Auffassungsgabe eines neunjährigen Kindes, das in diese Spiele eingebunden ist. »Und widersprich deinem Vater nicht!« schüchterte sie mich ein, wenn ich versuchte, am Ursprung anzugreifen. Sie beschützte ihn! Gegen mich. Und mehr als der Beschuß, mehr noch als die Verbissenheit war das Empörende für mich das Schauspiel ihrer Dummheit (oder wie soll man es nennen?), und wie traurig, wenn ich spürte, daß meine schöne Liebe zu ihr wie eine kranke Maus immer kleiner wurde und daß sie sich überhaupt nicht darum kümmerte, es nicht einmal bemerkte. Und, und, das Schwerste, schwerer als alles: hier, vor meinen tränenlosen Augen, das gute Funktionieren der Niedertracht zu beobachten, das schnürte mir derart das Herz zusammen, daß ich nach einer Schlacht, deren Dauer mit meiner Hoffnung abnahm, entweder verrückt werden – was ich nicht werden wollte, da ich Bescheid wußte, wußte, daß das die Irrenanstalt bedeutete, und das, nein: draußen wollte ich sein, draußen, das bedeutete harter Kampf. Draußen konnte ich herrlich von einem Mord an ihm träumen – entweder verrückt werden oder mich ergeben mußte.

»Lieb«.

Er brauchte mir nur zu klingeln.

Das Leben nahm wieder seinen Lauf.

Die Niedertracht ist ein Geschäft das läuft

»I will not cease from mental Fight«
William Blake, *Prelude to Milton*

Ich werde es nicht vergessen. Ich hatte meinen Denkzettel bekommen. Die Niedertracht funktioniert.

Es war nur die normale Niedertracht. Die Hausmannsniedertracht. Die Staatsniedertracht, die jeder Mann, der heiratet und Kinder zeugt, geschenkt bekommt, damit er nach Belieben Gebrauch davon macht. In ihrer Kleinheit war sie modellhaft. Miniaturisiert. Ich hatte sie ganz gesehen. Auf diesem guten Humus wuchsen mir Fühler. Ich war für immer in der Lage, sie wiederzuerkennen, angefangen beim Kleinmodell, dem ersten Ort ihrer Entstehung, bis zum planetarischen Ausmaß war ich vom zartesten Kindesalter an in der Lage, sie schon aus der Ferne zu wittern, im Stadium des Entstehens. Auf einem Zeitungsfoto (ach, die brennenden Bücher in Berlin!), in einer dürftigen Pressenotiz, auf den Plakaten, auf der Straße, in der Visage der Leute. In der Luft.

Ich hatte gesehen, ich sah, daß sie um so besser funktioniert, je schamloser sie ist.

Ich wußte, daß sie auf mehreren Dimensionen, konvergierenden und kumulativen, fußt und gedeiht.

Sie kommt wie ein Heuschreckenschwarm, wie Pestepidemien: sie fällt ein. Sie entsteht aus einer Vielfalt winziger Quellen, aus giftigen Sickerwässern, die sich durch einen plötzlichen Zufall im aufsteigenden Wasser, das alles bedeckt, versammeln. Es ist eine Naturkatastrophe. Für die menschliche Gesellschaft natürlich.

Ich sah, daß sie über alles andere die Oberhand gewinnt, sobald sie einmal in Gang gekommen ist; und daß jeder Güte die Kraft und jedem Gehirn die Intelligenz abhanden kommt.

Obgleich Verstand sie selber keinen hat und geradezu aus seiner Unterdrückung hervorgeht, ist nichts mehr gegen sie auszurichten, hat sie sich einmal festgesetzt und ihre Vollendung gefunden.

Ich wurde zur Spezialistin der Niedertracht, zur Paranoikerin der Niedertracht. Fast zur Prophetin. Aber nie, so weit ich mich ihr möglicherweise auch genähert haben mag, fand ich, sowenig wie die braven Leute, heraus, wie sich ihr sogenannter »unaufhaltsamer Aufstieg« parieren ließ.

Die Niedertracht ist nicht das Böse. Es ist ein Begriff, der viel klarer ist, den man einkreisen kann, der nicht unendlich mit Gott diskutiert werden muß. Sie ist diesseitig und nicht metaphysisch. Obgleich dem Anschein nach irrational, gehört sie zur Ordnung des Kausalen, des Vernünftigen.

Sie ist keine Schicksalsfügung. Man kann sie bekämpfen, vergeblich und hoffnungslos.

Man darf sie nicht in Frieden lassen.

Man muß verrückt sein.

Ich ersann meinen berühmten Werbespruch:

DIE NIEDERTRACHT IST EIN GESCHÄFT DAS LÄUFT

und als die Zeit gekommen und die Mittel erworben waren (auf recht niederträchtigen Wegen übrigens), ließ ich ihn an den Wänden der Stadt anschlagen, die sich einen ganzen Monat lang fragte, was für ein phantastisches Produkt zu dieser aufsehenerregenden Werbung gehören mochte. Und ich bekam Angebote von mehreren Werbeagenturen.

Meine Karriere war besiegelt.

Dem Kaiser

Ich gebe dem Kaiser: Es war eine schöne Arbeit. Er hat weder Mühe noch Zeit gescheut. Die hat er auch gebraucht. Bei dem Handikap, das er sich bei der Ankunft einhandelte, war es nicht leicht für ihn. Seine Frau, kein Problem, voller Entsetzen habe ich gesehen, wie sie innerhalb von einer Minute unter seine Fuchtel geraten ist, aber ich war hartnäckiger. Und vielleicht hatte ich einen prophetischen Sinn: hatte ich ihn nicht von Anfang an durchschaut? Wiederauftauchen, das verlangte zahlreiche Fähigkeiten, gewissenhafte Sorgfalt, Vorsicht, Ausdauer, List, das heißt Intelligenz. Und ein Herz aus Bronze.

Sein Vatersein war nicht einfach. Zum Glück fand er mich im Zustand fast völliger Unschuld, dank meiner Mutter wußte ich nichts.

Und sah nicht, was auf mich zukam, bis ich auf der anderen Seite war.

Sie hätten einmal mein Foto sehen müssen, mit fünf Jahren. Das Knie auf dem Betschemel mit dem roten Samt, so wie man die kleinen Mädchen bei den Porträtfotografen im Viertel posieren ließ. Weizenhaar, Himmelsblick, halbgeöffnete Lippen in Erwartung des göttlichen Mannas. Mitten im Traum, die Kleine, denkt man: die wird bald unter die Dampfwalze kommen. Die glaubt wahrhaftig dran, mein Gott, wie fest die dran glaubt!

Ja, ja.

Das Foto kann ich als Beweisstück nicht zeigen, und

bei meinem jetzigen Outfit würde man vergeblich nach einer Spur des Engels suchen.

Ich habe es leider nicht mehr, ich habe es im Verlaufe meines Wanderlebens verloren. Das Foto. Ich behalte nichts.

Ach, ich bin nicht als Ungeheuer zur Welt gekommen.

Das mußte alles gemacht werden.

Auf mein Wort, er tat es.

II

Kaiser, von weitem

Es ist jetzt einfach für mich, ganz von weitem, ganz von oben, mit der Pinzette, die Sache in diesem Ton, in dieser Weise anzugehen, so, als hätte ich immer schon alles im voraus gewußt; jedes Wort mit einer Überdosis versehen, mit der es einen Fuß in der damals noch unbekannten Zukunft hat.

Natürlich ist das amüsant, und das hat Stil mit Doppelsatz und Abstand, und der Abstand ist die Kunst. Leider stimmt das nicht, es ist Anmaßung, ich war schon vorher dumm und begriff nichts.

Und um ganz ehrlich zu zeigen, wie es war, bevor ich wußte, was es dann geworden ist, ohne meine teuer erkaufte Klarsicht zu einer Zeit preiszugeben, zu der sie noch gar nicht vorhanden war, werde ich im Staub der Umstände und des historischen Perfekts umherkriechen müssen. Und Sie hinter mir herschleifen.

Ich war also schon vorher dumm. Und er, nein, bei der Ankunft sah er nicht nach der Spinne aus, die für die kleine Fliege geduldig das Netz webt. Auf jeden Fall sah man es nicht.

Man muß ihm Gerechtigkeit widerfahren lassen: er hat sich angestrengt. Bei dem Handikap, das er sich bei der Ankunft einhandelte, war es hart für ihn. Seine Frau war seinem Charme sehr bald wieder erlegen, ich hatte es voller Enttäuschung mit angesehen, übrigens konnte ihm auch Babette letztlich nicht widerstehen, ach, die Erwachsenen! Aber ich hatte einen Dickschädel. Und Herzeleid, ich wurde fallengelassen in diesem neuen System, und sie genierten sich nicht einmal, sich in meiner Gegenwart verliebte Augen zu machen. Meine Mutter, verliebte Augen! Und von einem Tag auf den andern glänzte die Haut, leuchteten die Haare, die Nase nicht mehr so spitz, die Lippen nicht mehr so schmal. Verschönt. Und er war der Grund für diese Veränderung, nicht ich, ich hatte dieses Wunder nie vollbracht, etwa dadurch, daß ich sechsmal hintereinander die Erste in der Klasse war, das ist ungerecht. Schockierend: wo waren die Lektionen für gutes Benehmen, die Würde und all das? Ich machte ein Gesicht wie der oberste Richter, ich war in diesem Haus der Tugendritter gewesen, und wenn nur einer übrigbliebe, dann wäre ich's. Ich war sicherlich schwierig. Und nie hörte er von mir den süßen Namen »Papa«. Wiederauftauchen, das verlangte viel Geduld, Toleranz, Mut und mein Gott, auch Intelligenz. Und ein Herz (aber bitte nicht aus Bronze) am rechten Fleck.

Sein Vatersein war nicht einfach.

Er zog sich aus der Affäre.

»Wir beide hatten einen schlechten Anfang, gut. Aber wir müssen nicht so weitermachen. Da wir nun einmal dazu bestimmt sind, von jetzt an zusammenzuleben.«

Von jetzt an. Das klingt unheimlich.

»Ich bin für klare Verhältnisse. Schließlich bist du in einem Alter, in dem man vernünftig wird. Du kannst begreifen.«

Er hatte meine Mutter nicht verlassen. Er war fortgejagt worden. Sie lebten leider bei den Schwiegereltern, er besaß nichts. Worauf ihn die Schwiegermutter immer wieder hinwies. Neunzehn Jahre alt, seine einzige Zukunft der Militärdienst...

Neunzehn Jahre. Plötzlich ein junger Mann. Ein junger Mann und Vater, das war höchst eigenartig.

»Sicherlich hätten wir nicht in den Wald gehen sollen... Du siehst, ich erzähle dir alles. Aber was sollten wir tun, wir liebten uns, die Liebe kann nicht warten. Wir waren eben zwei Kinder.«

Romeo und Julia. Ohne das Gift. Und was kommt dabei heraus. Ich.

Er hatte schließlich seinen Stolz. Die tägliche Verachtung war zuviel, am Ende hat er sich verdrückt.

»Hat deine Mutter mit dir darüber gesprochen?«

»Hm...«

»Stimmt, sie erinnert sich nicht gern an diese Dinge. Aber deine Großmutter hat sich bestimmt auf meine Kosten schadlos gehalten. Oder nicht?«

»Mmmm...«

»Lebt sie eigentlich noch? Ich habe nicht gewagt, danach zu fragen.«

»Aaaber...«

Seit der Rückkehr des verlorenen Vaters haben wir sie hier nicht mehr gesehen. Später hat man mich manchmal zu ihr geschickt, sonntags, damit sie mir auf den Wecker geht.

»Tut mir leid. Du mußt schon entschuldigen, daß ich ehrlich bin, aber ich trage sie nicht im Herzen.«

Offen gestanden, ich auch nicht sonderlich. Sie vergißt nie, mich darauf hinzuweisen, was sie für mich ausgibt, Ferien, Weihnachtsgeschenke und dies und das, was ich gar nicht verlange (das ist auch verboten). Und ihr lieber Gott und ihr Herzjesukind. Großvater, als er noch lebte, lehrte mich wenigstens die Sterne des Abbé Moreux und die Vögel, und bei Ebbe Krabben fischen, in der Bretagne. Aber wie Babette sagt, »sie hat ihn überlebt.«

»Übrigens, wegen der Ohrfeige, das tut mir sehr leid. Deine Mutter wußte natürlich nicht, daß man dich aufgehetzt hatte, du mußt sie verstehen ...«

Auf jeden Fall will er keine Verachtung, die durch die Generationen hindurch fortgesetzt wird. Er legt Wert darauf, daß ich die Wahrheit erfahre. Selbst wenn sie nicht sehr amüsant ist ...

Meine Beine jucken mich. Ich habe jede Menge Hausaufgaben zu machen. Und wenn ich nicht die Erste bin, enttäusche ich. Aber er ist mein Vater, wenn er ruft, muß ich gehorchen. So bin ich erzogen worden. Er hat kein Büro, wie meine Mutter, die ihre Arbeit halbtags beibehalten hat. Er hat seine »geschäftlichen Verabredungen« wann er will. Und wann er will, rekelt er sich im Bett. Wenn ich keine Schule habe, erzählt er mir sein Leben, in Episoden. Und ich, hon, äh, hmmm.

»Damit du wenigstens die beiden Versionen der Geschichte kennst. Auf diese Weise kannst du wählen ...«

Zwischen meiner Großmutter, der hinterhältigen Person, und meinem Vater, dem Schweinehund. Und meiner Mutter, die stumm blieb bei den ernsten Themen für Erwachsene.

»Du wirst dir selber ein Urteil bilden.«

Ich werfe Blicke zur Tür hinüber . . .

»Geh schon. Ich will dir nicht allzuviel von deiner Zeit stehlen. Ich weiß, daß du in der Lage bist, alles zu begreifen. Übrigens begreifen Kinder vieles, sie sind nicht dumm. Und früher, als man glaubt. Die Intelligenz läßt vor allem später nach, oder nicht?«

Hmmm hmmm.«

»Du bist eine ganz schöne Überraschung für mich gewesen, weißt du? Ich hatte dich kaum zu Gesicht bekommen. Nur ein kleines Baby. Und jetzt ein junges Mädchen. Das weiß, was es will. Selbst wenn du mir ein schiefes Gesicht gemacht hast . . .«

Warum in der Vergangenheitsform? Ich tue es immer noch.

»Du bist eifersüchtig, das ist normal. Du hast sie so lange für dich allein gehabt, du warst im Paradies . . .«

Eifersüchtig? Das ist ziemlich schwach. Paradies eher stark.

». . . aber mein Gott, ich liebe sie auch! Und ich nicht, weil sie meine Mutter ist, ich liebe sie also aus wahren Gründen!«

Mutter, sind das keine wahren Gründe?

»Du mußt zugeben, daß man zu zweit dieselbe Person lieben kann.«

Was mir Kummer macht, ist die andere Seite: ob sie, ob sie gleichzeitig zwei lieben kann.

»Auf jeden Fall kannst du dir sagen, daß du ein Kind der Liebe bist.«

Kind der Liebe. Ein Kind von Kindern. Und im Wald gemacht. Ich war wirklich taufrisch.

»Also gut, geh wieder an deine Schularbeiten.«

Er sah zu, daß er meine Geduld nicht allzusehr strapazierte.

Und weil man ihn nirgends auftreiben konnte, wurde er also wegen Verletzung der Unterhaltspflicht geschieden.

»Wo warst du?«

»Ich habe Frankreich gedient«, sagte er und streckte dabei das Kinn vor. »Ich bin meiner Einberufung zuvorgekommen.«

»Aber es war doch kein Krieg!«

O ja. Ich redete. Ich vergaß, ein schiefes Gesicht zu ziehen. Fast. Ich verriet nun ebenfalls, ich hatte mich genauso reinlegen lassen wie die andern. Oh, ich schämte mich ein wenig: ich, der Ritter! Ich hatte mir ein letztes Bollwerk bewahrt, wegen der Ehre: nicht »Papa« zu ihm zu sagen. Das kam nicht über meine Lippen.

Es ist nie über meine Lippen gekommen.

»Ferne Kriege gibt es immer. Frankreich ist eine Weltmacht«, sagte er stolz, als sei es sein Eigentum.

»Aber, es ist doch eine Republik.«

Ich war in der zweiten Klasse und sehr beschlagen. Er erklärte, mit Kolonien ist man eine Weltmacht, ohne daß man einen Kaiser hat.

»Und dann habe ich mein Leben selbst gestaltet.«

»Was heißt denn das, das Leben gestalten?«

»Nicht das Leben. Mein Leben. Das ist nicht dasselbe.«

In seinem Leben hatte er nur ein Ziel: wieder zu ihr zurückzukehren. Er hatte nie aufgehört, sie zu lieben. Aber nicht mit leeren Händen zurückkehren. Er wollte sie verdienen ...

Puh, wie kitschig, mich jedenfalls ödet die Liebe an.

»Aber was bedeutet das denn, das Leben gestalten?«

»Aha, das möchtest du also wissen, bist wohl neugierig, wie? Es heißt, das zu tun, wozu man Lust hat. Sich amüsieren, sich eine schöne Zeit machen, essen, trinken ... und alles übrige. Oh, glaub mir, ich war kein Kostverächter, im Grunde war ich frei wie ein Junggeselle, man hatte mich zur Freiheit verurteilt, es blieb mir nichts anderes übrig, als sie zu nutzen, oder nicht? ... Nein?«

Na, dann halt ja.

Babette sagte zu mir –

als wir noch in ihrem Haus wohnten; anschließend sind wir in eine richtige Wohnung gezogen, weiter weg von der Schule, meine Mutter arbeitete nur noch morgens, und ich brauchte nicht mehr abgeholt zu werden. Ich nahm die Abkürzung über den Friedhof, er war so etwas wie das flache Land und sollte mir eines Tages so teuer werden. Um Babette zu besuchen, mußte ich eigens einen Umweg machen, und wir entfremdeten uns ein wenig, sie gehörte nicht mehr zu meinem Alltag, und dann kam sie ins Krankenhaus, und ich besuchte sie nicht so oft, wie ich es hätte tun müssen, und das verzieh ich mir nicht –

Babette (eigentlich bin ich am Ende ihretwegen ausgebüchst) sagte zu mir: Vielleicht hat man dem Mann Unrecht getan, als man das Gerede dieser Betschwester, die mit den großen Hunden pissen wollte und mit den kleinen das Bein nicht hoch bekam, so redete Babette, wenn sie in Harnisch war, für bare Münze genommen hat, und bei dieser Gelegenheit erzählte sie mir auch die Geschichte von den Nelken in der Visage des reichen Bräutigams, bei dem ich nicht auf der Welt wäre. (Ich hatte die Nichtexistenz gestreift: ich hing von einem Blumenstrauß ab.) Die Geschichte hatte sie direkt von meiner Mutter. Die ihr mehr erzählte als mir, und sie hatte keinen Grund dazu: Ich war ebenfalls in der Lage zu begreifen.

Jetzt ist er der Mann, der zu seiner Familie zurückkehrt, nachdem er ein Vermögen gemacht hat, na ja, soviel, wie man eben braucht, um seine kleine Familie ehrbar über die Runden zu bringen, Möbel für sie anzuschaffen (nicht toll, die Möbel, meiner Meinung nach, nach der ich aber nicht gefragt wurde), die Hände voller Geschenke, vor allem chinesische Vasen, die er Ming-Vasen nannte, »Bist du an einen ganzen Posten geraten?« fragte ihn sein Bruder Paul, der nach Vaters langer Scheidungsabwesenheit mit seiner Frau wieder bei uns aufgetaucht war: meine Mutter hatte nämlich die Verbindung zu diesem Zweig der Familie abgebrochen.

Aber Pötte braucht man ja viele, um all die Blumen hineinzustellen, die er aus Liebe und in Mengen anbringt. Außerdem ist schlechter Geschmack kein Verbrechen.

Oder doch?

Und ich habe im Überschwang der Liebe mein Klavier bekommen! Das ich verlange, seit ich aus dem Ei geschlüpft bin. Und dessentwegen ihm eine kleine Szene gemacht wird.

Meine Mutter, besorgt: »Glaubst du, daß wir uns das leisten können?«

Er, großartig: Wir können uns alles leisten! (Was sich als eine schamlose Lüge herausgestellt hat, aber nicht sofort.)

»Und es nimmt soviel Platz weg!«

Es hat schon einen Platz, und ich sitze davor und übe die Tonleiter. Sie seufzt.

»Ich hätte so gern gehabt, daß sie Geige spielt!«

»Aber ich will das Klavier!« Die Freude macht mich kühn. Ich versuche, ihm mit einer Hand *Plaisir d'amour* zu entlocken, wegen der Hoffnung. Aber sie:

»Du hast überhaupt nichts zu sagen.« Und er, sanft:

»Aber doch. Sie hat was zu sagen. Es ist *ihr* Leben.«

Und da steht sie nun wie zwei Frittenscheiben vor diesem Ungedachten, dieser Offenbarung: daß ich ein Leben habe, mit einem Possessivpronomen, und ich,

ich, oh, plötzlich
habe ich mich existieren gespürt.

»Glaubst du, daß du ihn mir jetzt geben könntest? Diesen Willkommenskuß. Er fehlt mir immer noch, weiß du ... Gut, gut, ich kann noch warten. Du bist nicht an Zärtlichkeiten gewöhnt, wie? Du hast eine recht betrübliche Erziehung gehabt ... Na ja, es ist auch meine Schuld, ich hätte nur hier zu sein brauchen. Jetzt muß ich mich eben freikaufen ...«

Meine Mutter findet ihn allzu entgegenkommend.

»Du mußt streng zu ihr sein.«

»Acht Jahre, hör mal. Sie ist noch klein.«

»Du kennst sie nicht (diskretes Erinnern an die Fahnenflucht). Du weißt nicht, was für ein Dickschädel sie sein kann.«

(»Ich weiß, was für ein Dickschädel du sein kannst«, sagt er leise zu mir. »Ich bin nur nicht sicher, ob das immer ein Fehler ist.«)

»Sie will eben, daß man ihr die Dinge erklärt«, sagt er.

»Auf diese Weise bekommst du nichts aus ihr heraus.«

»Aber doch, aber doch.«

(Ich höre sie durch die Tür ihres Schlafzimmers: unsere alten Wände sind dick, aber unsere alten Türen schließen schlecht; wenn man sich direkt dahinter stellt, hört man alles.)

»Du untergräbst meine Erziehung. Und Gott weiß, daß ich ziemliche Mühe damit hatte.«

»Bei den Bullen gibt es immer den Netten und den Bösen, gleichzeitig. Das funktioniert sehr gut.«

»Wir sind nicht bei den Bullen.«

»Hmm . . .«

»Und selbstverständlich übernimmst du die schöne Rolle!«

»Ist ja schon gut, reg dich nicht auf, ich werde mich anstrengen. Es ist zwar nicht meine Art, aber um dir eine Freude zu machen . . .«

Anwendung:

»So spät kommst du nach Hause?«

»Ich bin bei Babette gewesen.«

»In Zukunft sagst du uns vorher Bescheid, damit wir uns keine Sorgen machen.«

»Aber ich habe es vorher doch nicht gewußt!«

»Und bitte keine Widerrede.«

Dazu höflich. Und ein kurzer Blick in meine Richtung, als wolle er sagen, es ist nur zum Spaß. Folgsam halte ich den Rand. Sie ist zufrieden. Erleichtert, fühlt sich nicht mehr allein im Angesicht der *Pflicht*, vielleicht ist es ihr schwergefallen, Haushaltsvorstand zu sein? Wird sanfter, lächelt, nette Worte, wir werden eine richtige einige Familie. Nach außen hin ist er natürlich der Herr des Hauses, ich die gute Kleine. Man macht ihr das Vergnügen. »Man«. Wir. Er und ich.

Nach innen herrscht die Freiheit. Ich habe das Recht zur Widerrede, er sagt: »Ich bin für den Dialog. Von gleich zu gleich.«

Und das Recht, Fragen zu stellen: Die Neugier ist kein häßlicher Fehler, sie setzt den Kopf in Gang, du kannst mich fragen, was du willst, was möchtest du zum Beispiel wissen?

»Äh . . . Alles.«

»He, ich weiß nicht alles. Ich bin nicht auf der Universität gewesen, das kannst du dir wohl denken, keine Zeit gehabt. Ich habe ganz allein gelernt. Das Leben, weißt du, ist auch eine Schule. Na, willst du vielleicht wissen, wie die Babys gemacht werden? Das wollen alle Kinder wissen.«

»Oh, das weiß ich schon«, sage ich verächtlich. »Douchka hat es uns gesagt. Eine Große, sie ist in unserer Klasse, weil sie aus Rußland kommt, und sie ist mit dem Französischen im Rückstand. (Aber mit allem andern nicht.) Und mit angewidertem Gesicht (ich war wirklich angewidert): »Es ist nicht lustig. Es ist beschissen, ein Mädchen zu sein.«

»Glaub das nicht«, sagt er. »Es gibt da so manchen Ausgleich. Sie scheint tatsächlich ein wichtiges Detail vergessen zu haben: es kann auch Spaß machen. Zum Beispiel, wenn man verliebt ist.«

»Bah.«

»Und wahrscheinlich hat sie auch nicht gesagt, wie man keine macht. Was noch viel wichtiger ist. Sie hat es wohl nicht gewußt, das weiß man selten. Ich habe es auch nicht gewußt, als ich dich gemacht habe. Und das hier ist das Ergebnis«, sagte er und zerzauste mir das Haar.

Ich dachte nach.

»Du willst sagen, wenn du es gewußt hättest, gäbe es mich nicht?«

»Wahrscheinlich nicht. Gut gedacht.«

Das riß Abgründe auf. Daß es mich nicht geben könnte? Und wo wäre ich dann?

»Es wäre sehr schade«, sagte er. »Du siehst, das Leben ist voller Paradoxe.«

»Was ist das, Paradokte?«

»Doxe.« Er nimmt das Wörterbuch, erklärt, daß das, was die schreiben, überhaupt nicht klar ist, das ist auch meine Meinung, und gibt seine eigene Definition: Eine Sache, die aussieht, als habe sie einen Sinn, in Wahrheit aber einen völlig anderen hat; zum Beispiel meine Fabrikation. Die zuerst ein harter Schlag zu sein schien, die in Wirklichkeit aber ein sehr schönes Geschenk war.

»Ich bin ein Paradox!« rief ich entzückt.

Es ist ein Wort, das ich nicht vergessen werde. Ich werde es oft anwenden.

Was mir aber im Augenblick zu schaffen machte, das waren nicht die Babys, wie man sie macht oder nicht macht (übrigens, versicherte er mir, hast du in dieser Hinsicht noch fünf ruhige Jahre vor dir).

Es war, ob es Gott gibt.

»Macht dir das wirklich zu schaffen?«

»O ja. Auf der einen Seite gibt es die Babettes, die die Pfaffen gefressen haben, und auf der anderen Großmutter, die mir Angst einjagt mit ihrer Hölle. Ich muß mich entscheiden, bevor es zu spät ist.«

»Das stimmt, das Ende der Welt kann jeden Augenblick kommen. Hör zu, ich kann dir keine gesicherte Antwort geben. Die größten Geister haben sich über diese Frage nie verständigen können. Ich kann dir lediglich einen Tip geben: wenn du ihn spürst, gibt es ihn, wenn du ihn nicht spürst, gibt es ihn nicht.«

»O. k. Äh . . . ich weiß einfach nicht, ob ich ihn spüre, woran weiß man das?«

»Na ja, man spürt, daß man was spürt.«

»Spürst du, daß du ihn spürst?«

»Nein.«

»Ach so. Dann ist es das, was ich auch nicht spüre. Und meine Mutter?«

»Offiziell nein. Aber sie glaubt an das Gute.«

»Oh, das kann man wohl sagen! . . . Du nicht?«

»Ehrlich gesagt . . . auf jeden Fall glaube ich an das Vergnügen. Daß es das gibt, das ist sicher, das spürt man. Stimmt's nicht?«

»Oh, doch«, sagte ich gierig: ich erinnerte mich an die Languste, die es gab, als wir zu Hause die Rückkehr feierten. Unvergeßlich. Kein Zweifel, an die Languste, an die glaubte ich.

»Aha, du weißt also Bescheid . . . Übrigens hat es eine Zeit gegeben, da war das Vergnügen ein Gott. Vor der Erfindung der Sünde. Bei den Griechen. Diese Leute waren gesund.«

»Ist die Sünde eine Erfindung?«

Ich konnte es nicht fassen.

»Dieses Unglück ist ziemlich neu, ja.« Er kramte in seinem persönlichen Fach, »mal sehen, was gibt es da«, sagte er, »Anakreon, Oppianos . . . Da, fang mit dem mal an, er ist ulkig.«

Ich hätte nie gedacht, daß die Griechen lustig sein können.

»Aber laß ihn nicht herumliegen, deine Mutter ist nicht so liberal wie ich.«

Aristophanes. *Lysistrata*.

»Ich finde, daß Kinder alles lesen können. Sie gehen auf Fischfang, sie nehmen das, was für sie gut ist, und werfen den Rest weg. Ich habe Vertrauen. Habe ich nicht recht?«

Und wie! Darauf war ich schon längst gekommen.

»Das sind Komödien. Manchmal wird etwas dick aufgetragen. Das ist die Komik. Die Übertreibung. Nimm's nicht tragisch, was du nicht mitkriegst, läßt du weg. Oder frag mich. Allzeit bereit!« Und macht den Pfadfindergruß. Er kann sogar komisch sein.

Er ist verdammt beschlagen. Er lehrt mich Kampfdinge. Wie man mit der Hand töten kann: »So, siehst du?« (aber er hört vorher auf). Jemanden hinführen, wohin man will, indem man sein Handgelenk zwischen zwei Fingern hält.

»So, siehst du?«

»Au!« (ich sehe).

»Hab keine Angst, ich weiß, wann ich loslassen muß, es ist nur, um es dir zu zeigen.«

Er schreibt mich bei einem Judokurs ein: »Das Leben ist manchmal hart, ich will, daß du dich wehren kannst.«

Das Leben ist hart, voller Paradoxe, zu denen ich gehöre; es ist eine Schule; in diese Schule gehen ist nicht schlecht, »sein« Leben in die Hand nehmen ist gut, und ich habe mein eigenes Leben, für mich, das Klavier spielt. Versucht.

Sollte ich am Ende an einen Kumpelpapa geraten sein, sollte ich mich in ihm getäuscht haben, sollte er das Opfer von Verleumdungen gewesen sein? (folglich wäre auch er ein Paradox). Was die Griechen anging, so behagten sie mir im großen und ganzen sehr gut. Ich bat ihn manchmal, mir was zu erklären, und er erklärte mir. Er entzog sich nie.

Er sprach mit mir wie mit einer Erwachsenen.

»Wer ist besser dazu berufen als ein Vater, sein Kind über die Dinge des Lebens aufzuklären?« liest er mir vor, klappt das Buch zu, aus dem er das hat, und stellt es wieder weg, ich habe im Titel nur flüchtig das Wort »Boudoir« erhascht.

»Was dann kommt, ist doch etwas zu rüde, es ist nicht

dein Stil. Meiner übrigens auch nicht. Dein Stil ist eher die Finesse. Du brauchst viel Zartgefühl ...«

Ich? Na ja, wenn er es sagt.

»Du bist ein wenig gehemmt ... Dabei ist das gar nicht deine Art, ich weiß es ... (er wartet). Dir hat die Zärtlichkeit gefehlt ... (er wartet). Die Strenge taugt nichts ... Am Ende ist man nicht mehr an Liebkosungen gewöhnt und dann ... So wird man dann wie deine Großmutter ... Das wäre sehr schade ... Das hast du nicht verdient ...«

Und wenn er noch so viele Pausen macht zwischen jedem Satz. Ich rühre mich nicht. Ich bin nicht dran gewöhnt, er hat recht. Im Grunde ist es traurig. Es geht nur bei Babette, aber bei ihr, da liegt das so sehr »in ihrer Art«.

»So, und jetzt geh wieder an deine Arbeit ... (immer noch nichts). Wenn du Hilfe brauchst, kannst du kommen.«

Ja, und an dem Tag, an dem ich für meine Rechenaufgabe drei Punkte von zwanzig bekommen habe, habe ich eine Eins davor gemacht, damit er nicht allzu wütend wird (mein Zartgefühl). »Dreizehn! Die sind wirklich kleinlich«, hat er gerufen. Ich lag in der Regel so um die sechzehn herum, außer bei totaler Blockiertheit, und da hatte ich eine gehabt, daher die Notwendigkeit von Hilfe, aber das würde die Ausnahme bleiben, in Zukunft würde ich meine drei Punkte auf eigene Faust bekommen.

An diesem Tag nehme ich heimlich die *Abenteuer des Königs Pausole* unter dem roten Schutz eines Umschlags mit, den ich dem *Bon petit diable* entwedet habe, denn »sie ist nicht so liberal«.

»Warum sollte man die Dinge des Lebens verheimlichen, da es sie nun einmal gibt? Ist es nicht besser, sie kennenzulernen, bevor sie auf einen herabfallen? O.k.?«

O.k. Ich war einverstanden. Mein Wissensdurst war sehr groß.

»Ich wäre glücklich, wenn ich dir diesen Gefallen erweisen könnte. Du brauchst das wirklich«, seufzt er.

Na, hat dir dieses Buch gefallen? Komm her, sag es mir.

Er streckt mir die Hand hin.

Ich habe mich auf der anderen Seite wiedergefunden.

Oh, ich mache Pierre Louys keinen Vorwurf, er ist ein sehr charmanter Schriftsteller – übrigens sollten seine vertonten *Bilitislieder* sehr viel später in meinem Leben eine wesentliche Rolle spielen, jedoch von ganz anderer Art. Er wenigstens hat einen Humor und tatsächlich ein Zartgefühl, das in diesem Genre nicht geläufig ist.

Was ihn eben noch wortbrüchiger macht.

Es war eine gute Wahl.

III

Auf der anderen Seite

Bis dahin war er sehr diskret gewesen.

Erst danach, auf der anderen Seite, hat er sich gehen gelassen.

Er steckte voll in seinem Glück und ich mit ihm, gibt's für einen, gibt's auch für zwei. Das verstand ich von selbst.

Er überhäufte mich mit Schmeicheleien, die mich erröten ließen, mit bildhaften Worten, die mich die Nase rümpfen ließen. Das schien ihn aber nicht weniger glücklich zu machen.

Sein Glück für zwei kam ohne das meine aus.

Er dort, in seiner Herrlichkeit, ich hier, ertrunken in meiner Erbärmlichkeit.

Von dort, wo er war, sah er mich nicht.

Ich hingegen sah den Prinzen, der nachts zum Menschenfresser wird. Morgens, gut. Es ist dasselbe.

Wir hatten nicht dieselbe andere Seite.

Ich hätte mich gern versteckt, aber da gab es kein Wo. Er brauchte nicht lange, um mich im Wandschrank in der Diele zu entdecken.

»Spielen wir Verstecken? Los, komm raus, du bist gefangen. Oder soll ich auch reinkommen?«

Er sagte, daß ich sehr hübsche Spiele erfinde.

»Ich muß dich also jedesmal bitten. Machst du deine Lehrzeit als Frau? Sehr gut, aber du mußt auch lernen, wo du aufzuhören hast, wenn du den Fisch an die Angel kriegen willst.«

Wenn es ist, wie ich »spürte«, dann hatte Gott zwei Köpfe.

Beide geben mir Befehle.

»Komm hierher«, sagt der eine und der andere: »Komm da raus!«

Und glauben Sie ja nicht, »komm hierher« sei der Vater (obgleich er es leider oft gesagt hat), und »komm da raus« die innere Mutter. Das ist zu einfach.

Beide waren ich.

Das Dumme ist nur, daß ich das »von hier bis da« vergessen habe. Mein Gedächtnis reicht geradewegs von vorhin bis nachher. Stücke sind aus meinem Film herausgeflogen, und nicht die kleinsten. Ich kenne sie gewissermaßen nur noch durch Deduktion: sie müssen wohl stattgefunden haben. Mein Kopf weiß, was sie sind. Aber ich *sehe* sie nicht. Und noch weniger *spüre* ich sie: nichts zu machen.

Dabei war ich schon über acht Jahre alt, als die Dinge eine völlig andere Wendung genommen haben. Ich habe ein Rabengedächtnis. Übrigens erinnere ich mich ganz genau an das, was *nicht* stattgefunden hat. Ich habe auch, wie auf einem Foto, sein Gesicht vor Augen, auf dem sich ein großes, glückliches Lächeln ausbreitet. Der Prinz, der sich in einen Menschenfresser verwandelt, ist flüchtig in meinem Kopf voller Märchen aufgetaucht. Vielleicht. Oder sollte ich ihn erst hinterher hinzugefügt haben? Ich kann in der Vergangenheit nur schlecht zwischen Gegenwart und Zukunft unterscheiden.

In Wirklichkeit tauche ich in einen Zustand der Abwesenheit ein. Eingehüllt in einen (hilfreichen?) Nebel, auf dessen Grund diese Sache nicht passiert ist.

Erst als das Gemälde sich aufgehellt hat, ist das Erinnerungsfoto zu diesen hübschen Bildern geworden, zum Lächeln der Katze, die eben ihre Maus gefressen hat, zum Gewinner des Pokals, zum Menschenfresser vielleicht; und am Ende zur Spinne, die geduldig in ihrem Netz webt, für ihre kleine Fliege, schon ganz von Anfang an. Aber das ist Instandsetzung. Ausbesserung des Verputzes.

Woran ich mich zum Beispiel ganz deutlich erinnere,

aus der allerersten Anfangszeit – und ich *spüre* sie noch –, das sind meine Beine. Die mich juckten. Ein prophetischer Reflex.

Sie wußten mehr als ich.

Sie waren immer die ersten, die kapierten. Und hatten mich schon weit weg von der Katastrophe getragen, wenn mein Kopf erst dahinterkam. Ich hätte als Läuferin Karriere machen können, wenn ich nicht von anderen Tätigkeiten in Anspruch genommen worden wäre. Meine Geschwindigkeit im Abheben ist so etwas wie die Höhlenforschung Jasons, genau. Seltsam, wie man Talente erwirbt, die dem Anschein nach nichts miteinander zu tun haben.

Als ich versucht habe, mich wieder zu sammeln, denn da ich in Fetzen davonging, habe ich meine fehlenden Stücke (und das waren nicht die kleinsten) zusammenfügen müssen, war ich in einer Phase des Erkenne-dich-selbst mit Bewußtseinsschule und las Daumal und alles. Es ist für einen Anwärter der Weisheit ehrenrührig, voller Löcher zu sein. Ohne von den inneren wiederholten Stürmen zu reden. Also lokalisierte ich das Loch. Leicht: zwischen »vorher« und »nachher«. Ich näherte mich ihm, ich beugte mich darüber, und – Rückwärtsgang mit Volldampf. Ekel. Ich wollte nicht. Nein, kein zweites Mal. Die Löcher sind behaglicher als das Wissen.

Ich habe sie bis zu Jason mit mir herumgeschleppt. Der die gleichen hatte und auch nicht nachsehen wollte.

Also nahmen wir uns bei der Hand wie zwei sich im Dunkel ängstigende Kinder und taten unser Entsetzen zusammen.

Und einwilligen in die Schönheit der Dinge, unter dem Dreck, wie das Gold.

Wenn ich klar gesehen habe, dann geschah das nicht mit Hilfe meiner Intelligenz – von der ich trotz all meiner Ansprüche nicht genug hatte, jedenfalls nicht für meine Bedürfnisse, denn ich begriff nichts in dem Augenblick, in dem es geschah. Währenddessen. In der Gegenwart.

Versteht man eigentlich je etwas in der Gegenwart?

Wenn ich etwas gesehen habe, so verdanke ich es nicht meiner eigenen Erleuchtung, sondern ihm, meinem Vater, seinem zuvorkommenden Eingreifen. Dank seiner Ungeduld: er konnte nicht warten, das machte ihn verrückt. Also bediente er sich seiner höheren Stellung, um schneller glücklich zu werden.

Ich könnte sagen: er hat Fehler gemacht. Aber nein. Es sind keine Fehler, es ist die Regel.

Wenn man das Glück hat, eine höhere Stellung einzunehmen, kann man gar nicht anders, als sie sich zunutze zu machen, um das zu bekommen, was man haben will. Oder es ist nicht höher, und dann bekommt man es nicht. Man bekommt nur, was die Leute wirklich geben wollen.

Er hat sich nicht zurückhalten können, der Stärkere zu sein. Auch er war dort oben Gefangener in seinem Horst und kam nicht von dort oben herunter. Und da habe ich auf dem Foto den ausgehungerten Menschenfresser gesehen, die satte Katze, die geduckte Spinne, die ganze Menagerie. Ich bin wie ein Stein wieder in die Hausmeisterloge Babettes gefallen, wo »die Männer immer nur an das denken, alles Schweine«.

Unsere beiden Seiten konnten zueinander nicht kommen.

»Es ist eine wunderbare Beziehung, die wir beide zueinander haben, du und ich. Eine Ausnahmebeziehung. Du solltest dein Glück zu schätzen wissen. Aber ich vertraue dir. Ich vertraue der Natur. Der Apfel fällt nicht weit vom Stamm.

Unbeugsam, der Macker.

»Oder wäre es dir lieber, ich bin nur ein Vater?« sagte er, belustigt von dem Gedanken.

Ein Vater:

»Ich habe dir kein Klavier gekauft, damit du uns von morgens bis abends auf die Nerven gehst«, und klappt einfach den Deckel zu, ich kann gerade noch die Finger zurückziehen. »Eine halbe Stunde genügt«, verkündet er.

Wo ist »mein« Leben hingekommen?

Mit der Komplizenschaft von Mademoiselle Miranda, die diese Art Situation versteht, versuche ich, *Für Elise* vom Blatt zu spielen: meine Mutter mag das Stück. Auf der Schallplatte.

Aber nicht unbedingt, wenn zwanzigmal der gleiche Takt kommt. Und er:

»Ich fürchte, daß sie nicht sehr begabt ist, glaubst du, es lohnt sich, ihr weiter Unterricht erteilen zu lassen? Bei dem Preis!«

Jetzt ist er plötzlich knausrig! Und diesmal ist es meine Mutter, die ihm nicht folgt. Ich übe wie wild, wenn sie nicht da sind. Ich bringe etwas hervor, das sich dem Stück annähert, sie erkennt die Melodie. Ein Mißerfolg für ihn.

Vier Punkte in Mathe? Null in Geschichte? Zwei in Französisch, das ist wirklich die Höhe, was ist denn das für ein Zeugnis?«

Ich sehe, daß er nur spielt, ich kenne ihn jetzt. Aber ganz allein macht er sich einen Spaß daraus, den überzeugten Papa zu spielen.

»Du kannst mich ruhig bitten, dir zu helfen.«

Darauf kannst du zählen, Alter.

»Lieber nicht«, mischt sich meine Mutter ein, »sie kann, wenn sie will«, und zu mir: »Stimmt was nicht?« Ich nicke bedauerlich mit dem Kopf. »Irgendwer«, sage ich nicht.

»Was?« sagt sie.

Ich schweige.

Der um Rat gefragte Arzt spielt auf das Wachstum an, »hat sie nicht schon frauliche Formen?« – »Nein, nein!« ruft meine Mutter in Windeseile für meine keuschen Ohren: Sie will mir die Überraschung vorbehalten. Weibliche Formen. Das schreckliche Wort. Zum Glück hat er mich über die »Dinge des Lebens aufgeklärt«.

»Er« hat auch Vorteile.

Sieh an, ein Paradox.

»Wo kommst du her?«

»War bei Babette.«

»Schon wieder? Was hast du nur ständig mit dieser Babette?«

»Ich mag sie, das hab ich mir ihr.«

»Du wirst mir die Freude machen und nicht mehr so oft zu ihr gehen. Sonst gehst du nämlich überhaupt nicht mehr hin.«

»Das kann man Babette nicht antun. Nicht im Augenblick. Es würde ihr Kummer bereiten«, sagt meine Mutter. Weigert sich, ihm gefällig zu sein, wobei sie sogar die Wohltaten vergißt.

»Mir auch«, sage ich und schenke ihr ein dankbares Lächeln.

Ich strebe die Umkehrung des Bündnisses an.

Er ebenfalls, mit seinen Mitteln: er macht den Hof. Verzeihung: tut so. Was macht er mir für verliebte Augen!

Wir reißen uns um sie. Die Ärmste weiß nicht, wovon sie der Einsatz ist: wie könnte sie es ahnen? Ist es nicht ganz natürlich, daß wir uns ihre Gunst streitig machen, bin ich nicht das garstige, eifersüchtige Kind? Das ist natürlicher als die Komplizenschaft zwischen ihm und mir. Die jetzt begraben ist.

Und »Weißt du, deine kleinen diplomatischen Tricks, die so leicht zu durchschauen sind, das hat keine Zukunft. Du darfst deine Talente entfalten, weil wir spielen. Das war nur eine kleine Kostprobe. Aber ich kann auch anders, wenn es sein muß.«

Ein Mißerfolg für mich.

»Nicht, daß ich's darauf anlege, mir ist lieber, wenn alles gut läuft zwischen uns, ganz einfach.«

Ganz einfach.

»Hast du gesehen? Was ist dir lieber?«

Ich habe gesehen. Die beiden sind schlimmer.

»Die Entscheidung liegt bei dir.«

Also sprach der Gebieter

»Nun sag mal, was du jetzt noch zu verlieren hast?«

Stimmt, ich habe schon verloren. Meine Illusionen.

»Außerdem ist nichts mehr daran zu ändern, was geschehen ist, ist geschehen, nichts läßt sich rückgängig machen.«

Wenn ers sagt.

»Andernfalls hättest du überhaupt nicht anfangen dürfen.«

»Ich« habe angefangen.

»Wir sitzen beide im selben Boot, ob du willst oder nicht.«

Der eine am Ruder, der andere in den Eisen.

»Wenn es die Blutsbande sind, die dich stören, das ist doch alles Tinnef. Ich kann dich jedenfalls beruhigen: Es kommt praktisch in allen Familien vor.«

Beruhigt.

»Und niemand beklagt sich darüber.«

Das stimmt, man hört nicht von überall her Schmerzensschreie. Auch meine nicht.

»Und überhaupt, bin ich dein richtiger Vater? Man ist sich da nie sicher.«

Die Tugend meiner Mutter beim Teufel, Romeo und Julia in den Brennesseln. Und die ganze Liebessoße, wer weiß, von Anfang an eine Erfindung?

An dieser Stelle ist die geduckte Spinne aufs Foto gekommen.

»Bitte nein . . . Laß mich . . .

»Was!« (Foto: die Maus stößt die Katze zurück.) »Wenn ich sage komm, dann kommst du. Ich bin dein Vater.«

Wer ist was wo wie wann, meine Grammatik verheddert sich, sie macht mich schwindlig.

Wie meine Mutter schon gesagt hatte, er kannte mich nicht. Und da er mich nicht sah, hatte er nichts gelernt. Es stellte sich heraus, daß ich zu der Sorte gehöre, die sich, sobald es irgendwo Gitter gibt, draufstürzen, ich weiß nicht, wo ich das herhabe. Vielleicht von dem »Apfel, der nicht weit vom Stamm fällt« – aber es muß der Apfel meiner Mutter sein. Die nämlich meine ist, mit Sicherheit.

Ich ging in den Widerstand.

Ich holte die Waffen hervor.

»Wenn du nicht lieb bist, gibt's Krieg.«

Endlich waren die Dinge klar.

Die beiden Seiten hatten zusammengefunden. Am einzig möglichen Ort: an der Front.

Ich würde wenigstens ein Anrecht auf meine Niederlagen haben.

»Warum sollte ich nett zu dir sein, wenn du es nicht zu mir bist? Ich bin menschlich.«

Gott existierte. Ich *spürte* ihn. Er war dort, im Schwindel der menschlichen Natur.

Schwindel der menschlichen Natur

»Im Jardin des Plantes ist dem Publikum das Füttern der Tiere untersagt. Wißt ihr auch warum?« fragte uns Sylvies Vater.

Nicht aus Angst, daß sie zuviel fressen.

Sondern weil es Leute gibt, die ihnen Fleischbuletten hinwerfen, mit Stücken von Rasierklingen darin.

Der Gedanke, irrational wie es Wünsche nun einmal sind, hat mich in meiner verträumten Kindheit oft durchzuckt, daß ich, sollte mir nach so langer Abwesenheit, wie in der Lotterie, ein Vater zufallen, wenigstens das große Los hätte gewinnen können, statt dem, was ich da erwischt habe.

Ich hätte einen exotischen Papa bekommen können, wie den von Douchka mit seinem köstlichen Akzent und seinen Erinnerungen an große Zeiten. Oder den von Sylvie, der den Jardin des Plantes hütete und uns die Natur erklärte, einschließlich der menschlichen. Selbst der von Gisèle, der dumm war: ein dummer Vater ist vielleicht ärgerlich, aber den kann man hinters Licht führen. Meinen nicht. Oder jenen Monsieur Burton, immer zwischen zwei weiten Reisen (ein Vater, der nie da ist!), der wegen Geschäften kam und dabei die Schlüssel seines blauen Kabrios hin- und herschwenkte – er sollte später wegen Betrugs verhaftet werden, aber das störte mich nicht; selbst wenn der meine zu den Geprellten gehörte. Das verhieß Abenteuer. Oder wenn man unbedingt in der Familie bleiben muß, dann hätte ich seinen Bruder Paul vorgezogen, der mich allerdings mit fünfzehn hätte machen müssen, etwas früh. Charmant, und er besaß ein Auto, kein Kabrio, aber ein Auto, das fährt, nicht so ein Rappelkasten, wie er ihn hat, der bei der Ankunft gleich vor der Tür eine Panne hatte und seitdem nie wieder gefahren ist. Lächerlich. Damit er halt was hat. Über das man ohne zu stottern reden kann – hingegen so was Grauenvolles wie Eintreibung, nun erklär mal einer, was da eingetrieben wird (außer einem Bündel Scheine hier und da und jeder Menge Pötte und meistens überhaupt nichts und Szenen durch die Tür hindurch) – damit man ruhig die Schulfreundinnen mit nach Hause nehmen kann.

Da drückt mich nämlich der Schuh.

Ich traue mich nicht mehr, sie einzuladen.

Früher, zu mütterlichen Zeiten, saßen wir zu fünft in der armseligen Wohnung. Und jetzt, wo wir soviel Platz haben, nicht eine.

Ich wollte ihn nicht zeigen.

Ehrlich, ich hatte das Gefühl, als hätte ich einen Schwachsinnigen zu Hause, der sabbert und die Hand im Hosenschlitz stecken hat, kurzum, einen, den man verstecken muß. Und vor den andern tat ich so, als ob, gillegillegille, spielte die Komödie des Familienglücks, wie die andern. Ich war eine Verdammte. Also war es besser, ich blieb in meiner Ecke sitzen.

Hätte ich lieber den von Odette gehabt, der allen Kindern Maulschellen verpaßte? Odette verbarg ihr Unglück nicht. Sie konnte reden. Maulschellen, das ist was Offizielles, steht im Katalog! Ich nicht. Von mir sprach man nicht, ich war nirgends. Ein Geheimnis, dessen man sich schämte. Und ich schämte mich. Wegen dem, was passiert war. Mir. Einzig in meiner Art. Gäbe es andere Kinder zum Teilen, wäre es nicht ganz so traurig. Vielleicht hätten wir zusammen eine Revolution gemacht.

Ja, irgend etwas war immer noch besser als das, was ich hatte.

In Ermangelung dieser begehrten Realitäten entwickelte ich abends welche, in meinem Bett, im Zustand des Traums, und nach Maß. Ich spielte nicht mit Puppen, ich spielte mit Papas.

Wenn man bedenkt, daß mir keiner fehlte, als ich keinen hatte, und daß ich ganz allein mit meiner Mutter glücklich war. Und jetzt fabrizierte ich sie mir kistenweise.

Sein Einfall, daß er nicht mein richtiger Vater sei, war ein Volltreffer: er war es nicht, ganz einfach. Und meine Mutter war, wenn ich mir's recht überlege, mit etwas weniger Tugend zugänglicher.

Aus meiner Papakiste holte ich mir unter den zahllosen Besser-als-das-was-ich-hatte den Seiltänzer hervor, der ohne Netz in einem Zirkus übers Seil ging. International (ich hatte kein Sitzfleisch, wir reisten ständig umher). Ein Vater, bei dem jeden Abend die Gefahr besteht, daß man ihn verliert, wie spannend! Ein richtiger Roman, man könnte ihn sogar schreiben, und ich fange damit an: jeden Abend, wenn er wieder auf die Erde herabsteigt, stürzt sich ihm sein Töchterchen in die Arme: gerettet! Bis morgen. Ich lebe in ständiger Angst, das ist wundervoll, und dazu noch in der Angst, daß er wieder weggeht, um sein Leben zu gestalten. Er liebt das Abenteuer. Aber dich liebe ich noch mehr, seufzt er, in jener Nacht fällt er oben auf einem Berg unter dem Sternenhimmel auf die Knie. Aber er tut es, um zu beten: er bittet Gott, ihm den Blitz zu schicken. Nein, bei Sternenhimmel ist das nicht sehr wahrscheinlich. Na schön, da der Himmel schweigt, wird er sich heute abend während der Vorstellung vom Seil fallen lassen, um mich vor ihm zu retten, das wird er tun. Ende. Und warum, bitte? ruft mir Roxane zu (das ist mein Name im Roman), soll ich denn für den Rest meines Lebens weinen? Was hat er Böses getan? Er hat nicht Katz und Maus gespielt, hat nicht erpreßt und auch keine Waffe hervorgeholt. Er liebte mich . . .

War es also die Liebe und die Demokratie, was mir im Grunde fehlte?

Außerdem sind wir mitten im Melodrama, wenn du ihn umbringst.

Da hast du recht, das ist ein Argument. Und wenn ich ihn nicht umbringe, wo sind wir dann?

Dann sind wir glücklich.

Ach ja, eine dumme Liebesgeschichte, aber damit sitzen wir mitten im Schundroman, das ist Courths-Mahler. Fehlt nur noch, daß du erfährst, daß er nicht dein richtiger Vater ist. Bei Courths-Mahler . . .

Unterdessen steht der Papa auf einem Bein auf seinem Seil und wartet, falle ich, falle ich nicht? Was beschließt ihr, Mädchen, ihr müßt euch einig werden, ich bekomme einen Krampf ins Bein, in meinem Zimmer herrscht Hochbetrieb, ach, wie tut das gut, wenn man nicht allein ist, ich werde nie wieder allein sein, ich habe den Königsweg gefunden, um meine widerwärtige Wirklichkeit in die Pfanne zu hauen, und darüber kommt meine schlaflose Mutter, die auf dem Weg ins Bad ist: »Schläfst du noch nicht? Mach sofort das Licht aus! Und laß die Tür auf, wie oft muß man dir das . . .« Sie macht sie wieder auf, ich habe gerade noch Zeit, mein Geschmiere unter dem Heft zu verstecken, später werde ich es in mein unantastbares Geheimversteck legen, zusammen mit meinem (verschlüsselten) Tagebuch und meinem Courths-Mahler, der ein solches Monument der Dummheit sein wird, daß es etwas Großartiges werden wird und zum Teufel mit der widerwärtigen Wirklichkeit.

In meinem Courths-Mahler erfährt man, als sie am Rande des Abgrunds stehen, aber noch nicht hineingestürzt sind (bei Courths-Mahler stürzt man nicht), durch eine Beichter der Mutter (beichtet sie dem Pfarrer? der alten Amme? auf ihrem Totenbett? nein, kein Totenbett, man könnte sie später noch einmal brauchen, man soll seine Romanfiguren nicht schon gleich am Anfang umbringen), erfährt man also, daß das allzu geliebte Kind in Wirklichkeit die ehebrecherische Frucht eines (einzigen) Fehltritts ist, begangen in der Verzweiflung, von ihrem Mann vernachlässigt zu werden, der sich verfangen hat in einer anderen Liebe, die, wie man erfährt (vom Gärtner: im Schloß laufen die Informationen über das Gesinde), nämlich die Liebe, der wahre Vater des inzwischen mannbar und befruchtbar gewordenen Mädchens ist, ach du meine Güte, das wird ganz schön kompliziert, ich glaube, daß ich die Courths-Mahler im Eifer des Gefechts längst überholt habe, und die Mutter, was wird sie tun, sie steckt jetzt ganz schön in der Klemme, Mütter kommen leicht in die Klemme, wird sie, um die Sünder vor dem (ungelegenen) Tod zu retten, den sie sich, jeder ohne Wissen des andern, aus Seelengröße zu geben im Begriffe stehen, wird sie ihnen ihre Nichtblutsbande enthüllen und dabei die eigene Ehre opfern, sie gleichzeitig aber in eine andere Sünde stürzen, kleiner zwar, doch Sünde nichtsdestotrotz, und ich stecke dann wieder in einem dieser vielfältigen Weiberknoten, und wie komme ich da raus? Man muß sagen, dieses geliebte Kind in einer respektierten, einigen Familie, die ein Haufen Dreck ist, sobald man das Licht anknipst, kommen alle Schaben aus allen Ecken hervorgekrochen, und jedes Wort mußte von unten mindestens drei verschiedene Bedeutungen haben, um sein Gegenteil mit auszudrücken, das wäre ein spannender Französischaufsatz, aber dazu müßte man Genie haben, zusätzlich zu meinen Schularbeiten sowie meinen häuslichen und religiösen Pflichten, ganz zu schweigen von den Kindespflichten, ach, ich werde noch viel zu tun haben.

Angesichts dieser schönen Pläne werde ich unten an meine Tür einen Filzstreifen kleben müssen, damit kein Lichtschein mehr durchdringt. In der Familie hat man nie seine Ruhe.

Außer wenn man sie gar nicht haben möchte.

An meinen Ferientagen. Wenn sie am Arsch der Welt schuftet, damit wenigstens ein festes Einkommen in diesen Saftladen kommt, er gibt sich nämlich frei. Er widmet sich mir.

»Und gib acht dort, bei deinem Waschweib, damit dir nicht die Zunge überläuft. Es wäre durchaus möglich, daß sie die ihre nicht im Zaum halten kann, und das würde auf dich zurückfallen, da kannst du sicher sein ...«

Ach so, das hat er also gegen Babette.

Leider sorgt er sich wegen nichts und wieder nichts. Ich wäre nicht imstande, Babette zu erzählen, was mir zustößt. Niemandem. Aber er sorgt sich. Immerhin das.

»... denn wenn deine Mutter es erführe, würde sie sich aus dem Fenster stürzen ...«

Ich bin schachmatt gesetzt. Auf dem Teppich.

An einem einsamen Abend (glücklich: wenn sie abends ohne mich ausgingen, war das für mich das Glück) malte ich sorgfältig ein schönes Plakat. Mein erstes.

IHR DIE IHR HIER EINTRETET
LASST ALLE HOFFNUNG FAHREN

Ich brachte es über der Tür des ehelichen (und halben) Schlafzimmers an, stellte mich davor und betrachtete es.

Als ich ihre Schritte im Treppenhaus hörte, nahm ich es weg: die Gattin hätte es falsch verstehen können.

Es blieben die vier Löcher der Reißzwecken, die nur ich sah. Meine Spuren.

○ ○

○ ○

Im selben Boot

Unsere wunderbare Beziehung hatte jetzt ein Kreuzfahrttempo. Hohe Wellen, wechselnde Winde, Seekrankheit.

Er behauptete, glücklich zu sein-und-ich-mit-ihm, was ich auch hätte und täte und wählte.

Er war der Pascha im Harem mit seinen beiden Frauen.

Gut, eineinhalbe. Ich war für ihn nur ein Spiel. Ich war noch ein Kind.

Kinder sind heilig.

»Nur brutale Menschen und Idioten gehen bis ans Ende.«

Jaaa, die Schlauberger hinterlassen nämlich keine Spuren.

»Leider gibt es solche Schweinehunde. Geh deshalb nie mit dem Erstbesten, in der Hoffnung, daß er so ist wie ich.«

Schwindel.

»Würdest du ihm die Fresse polieren?«

»Ich würde ihn umbringen.«

Er merkt nie, wenn ich Witze mache.

Als ich mich, nicht mehr ein noch aus wissend, mit dem Strick um den Hals zum Appell meldete, lächelte er und war ohne Erinnerung an die Entbehrungen, die ich ihm auferlegte.

Er verzieh mir pausenlos. Vertraute uns hartnäckig, der Natur und mir.

»Wenn eine Frau ›nein‹ sagt, dann heißt das immer ›ja‹. Selbst die wildeste will nur eins, den Fall der höheren Gewalt, damit sie genießen kann, ohne zu sündigen. Festgebunden ist es am bequemsten: da erreicht sie ihre volle Freiheit. Aber du brauchst das nicht, du weißt, wo die Suppe am besten schmeckt.«

Auf seiner anderen Seite hatte er die vulgäre Freßtheorie.

In meiner kriegerischen Wut brauchte ich lange, bis ich merkte, daß er sich bei diesem Spiel mit meiner Unbotmäßigkeit einen Nachschlag verdiente. Und als ich es dann merkte, war ich genauso weit wie zuvor: leider trieb mich mein perverser Dickschädel immer mehr dazu, ihm zu meinem Unglück zu zeigen, daß ich nicht ein für allemal zur Verfügung stand und daß er mich nur der Waffe verdankte, immer und immer und immer wieder.

IV

Ich erbrach mich. Ich wurde zum Arzt gebracht. Er verschrieb mir Arzneien. Ich las die Gebrauchsanweisungen. Mein Fall war dort nicht erwähnt. Ich spuckte das Zeug im erforderlichen Rhythmus im Scheißhaus wieder aus: in der Familie den Anschein wahren, bis zur letzten Kleinigkeit. Man wird überwacht. Medikamente gegen meinen Vater. Lustig.

Wenn ich kotzte, dann kotzte ich halt.

Um das zu vermeiden, hörte ich auf zu essen. Einfach so: wenn ich nur schon sah, wie vor mir sein riesiger Mund aufging (auf meiner anderen Seite hatte ich eine Lupe) und sich schaufelweise das Essen reinschob, hatte ich bereits zu Abend gegessen.

Ich sah mit Kummer, wie sich meine liebe, von Babette so fein ausgebildete, Eßlust in nichts auflöste. Babette! Die Erinnerung an ihre Lammkeulen, Hasenpfeffer, Apfelkuchen ließ meinen leeren Magen zwischen den Mahlzeiten weit aufgehen. Der sich erst klick am Familientisch wieder schloß.

Aber Babette war nicht mehr da, war nicht mehr – wäre ich sonst zu ihr gelaufen, hätte ich mich an ihren Leibesumfang geworfen, hätte lange geweint, ich, die Tränenlose? Hätte sie, die alles Unglück der Welt kannte, alles verstanden, ohne daß ich ein Wort gesagt hätte? Ja, sie gehörte zu dieser Art von Menschen. Ohne sie war ich allein und verloren. Und ich konnte nicht einmal zu ihr beten, da sie nicht an den Himmel glaubte.

Ich überlebte heimlich vom Raub des verschriebenen Gehackten unterwegs, bevor meine Mutter Pappmaché daraus gemacht hatte. Das war nicht schwer. Im Spiegel sah ich, wie unter der Haut mein Skelett durchkam. Ich nahm es mit einem boshaften Frohlocken wahr.

Doktor. Nach meinem Buch der Wurzeln ließ sich der endlose Name, den er meiner Krankheit gab, übersetzen mit: »keinen Hunger«. Das sind richtige Schlauberger. Rezept. Lesen der Gebrauchsanweisungen. Man kämpfte gegen die Blutarmut. Was, er fraß mein Blut, dieser Vampir! Der würde mich noch umbringen! Ich sah meine roten Blutkörperchen in der Dunkelheit wie Rubine glänzen, zu einem letzten Adieu. Wie sollte ich diese kostbaren Juwelen retten, wenn mir allein schon das Wort »Tisch« Übelkeit verursachte?

Sehr gut. Ich würde sterben. Das würde ihnen eine Lehre sein. Meine Mutter würde weinen. Ich würde ihr ein Wort hinterlassen, warum. Sie würde sich aus dem Fenster stürzen.

Nein. Das ging nicht. Ich wollte ihren Tod nicht, nicht einmal posthum.

Aber sterben ohne ein Wort auch nicht. Ich bin nicht der Wolf des Dichters. Ich will vorher heulen.

Lieber heulen, ohne zu sterben. Ich hatte vertonte Albträume. Legte mich zu Bett, stand nur auf, schwankend, für das Dringlichste. Meine Mutter hatte Todesängste, ich überraschte sie eines Abends, als ich aus der Tiefe meines Komas erwachte, wie sie mit aufgelöstem Haar an der breiten Brust des Ehemanns Tränen vergoß. Sehr schön. Sie liebte mich. So genoß ich das Glück, allzu früh beweint zu werden. »Was würde dir denn eine Freude machen, mein Liebling?« – eine noch nie gestellte Frage. Langusten, Austern, Räucherlachs kamen ins Haus und gelangten auf Tabletts bis zu meinem Lager.

Sie kaufte ein Kochbuch und servierte eine gelungene Mousse au chocolat, die ganz aufgegessen wurde.

Fern von ihm wurde alles aufgegessen.

Vielleicht war es nur eine Wachstumskrise, befand der Arzt. Denkste, ich war nicht nur länger geworden, ich hatte auch Speck angesetzt. Das Leben hatte mich besiegt.

Für mein Wiederaufstehen war der verfluchte Tisch in Festtagskleidung, eine große Languste (schon wieder!) thronte darauf, umgeben von Seeigeln. Mein verdammter Stuhl erwartete mich, ihm gegenüber, es würde entsetzlich sein, all das Herumstochern und Aussaugen der Beine, ich bekäme wieder einen Rückfall. Aber der Teufel hol's, es ist der Kampf ums Leben, ich ging auf den Tisch zu, und kühn setzte ich mich auf den Stuhl meiner Mutter: nebendran. Sie deutete eine Gebärde der Mißbilligung an. Ich setzte mich darüber hinweg.

Für sie jetzt der Logenplatz.

Sie hatte keine Lupe, aber ein ausgezeichnetes Sehvermögen. Und ihre Aufmerksamkeit wurde vielleicht durch mein ungebührliches Verhalten geweckt. Ich sah, daß sie sah. Er sah sich beobachtet. Änderte seine Manieren in keiner Weise, denn es waren die seinen. Aber die heitere Aussicht, daß es jetzt vielleicht zwei in diesem Haus geben würde, die kotzen mußten, machte mir wieder Appetit, wenig bedarf es dazu.

Nur ein wenig Scharfsinn.

Eines Tages, nach vielen Langusten, kam ich wieder zu Kräften.

Und zu meinen Kindespflichten.

»Und was haben dir deine Tricks nun gebracht?«

Mein Gott. Daß das Menü geändert wurde.

Hausguerilla

Ach, die Tage ohne Schule
die zuhaus man bleiben muß
warum geht es nicht nach Thule
mit allen Kindern und im Bus?

Kalenderheil'ge seid verflucht,
genauso wie die Flut der Feste
schulfreie Tage sind verrucht
für Ostern kenn' ich nur Proteste
statt Ferien zög' ich vor die Flucht.

Nieder mit der Freiheit!

Meine Mutter, die dann und wann in meinen Sachen herumwühlte, um den Zustand meiner Seele zu überwachen, fand dieses kleine Stück, das ich absichtlich nicht versteckt hatte, und machte es, zwischen zwei angeekelten Fingern haltend, publik.

Er, durchtrieben, hielt sich allein an die Form und brachte seine Kritik an, wobei er mit der Autorität eines Experten, der er nicht war, die Armseligkeit der Reime, die Wackligkeit der Strophen, das Hinken der Verse geißelte, von den Fehlern der Syntax ganz zu schweigen, ach, du bist wirklich unbegabt, mein Kind, wenn du dich für Rimbaud hältst, liegst du schief, und mit seiner großen Faust, die das Huhn zermalmte, warf er es, nicht ohne übertriebene Wut (verruchte schulfreie Tage) in den Mülleimer, aber ich hatte schon eine Kopie davon gemacht. Meine Mutter sagte zu ihm, es lohne sich nicht, auch nur ein Wort darüber zu verlieren. Doch in ihrem stählernen Blick erhaschte ich eine Kummerwelle: war mir also sowenig an ihrer beider Gesellschaft gelegen?

Ihrer beider. Sie kroch in dieselbe Kartoffel wie er, sie machte keinen Unterschied. Scheiße die Liebe.

Meine SOS-Raketen waren feucht gewordene Knallfrösche.

Mein Gott, ich fühlte mich anderswo wirklich wohler.

In der Schule, zum Beispiel. Es heißt allgemein, daß man sich dort langweilt. Jedenfalls kann man dort sicher sein, seine Ruhe zu haben.

Nur schade, daß ich meine Familiengeschichten nicht erzählen konnte, es fehlte ihnen nicht an Salz. Aber ich hätte das Salz für verwerflich erklären müssen. Das Salz blieb drin. Ich wäre tragisch geworden: entsetzlich. Mitleid erregen, puh. Ich will komisch sein. Das ist mein Ruf und meine Berufung Nr. 1: Ich will später mal Clown werden. Man sagte immer zu mir (die Erwachsenen): »Hör auf, den Clown zu spielen!« Heute kaum noch: Spielen Sie mal den Clown, mit einem Lastwagen voll Müll auf dem Buckel.

Und sie sind alle so unschuldig! Sie haben alle ein geordnetes und geregeltes Leben! Wie soll man ihnen ein solches Paket vorwerfen? Sogar Douchka, die Abgebrühte, ich bin sicher, daß ich sie mit meinem Privatleben um hundert Längen schlage.

Wie oft habe ich, auf dem letzten gemeinsamen Heimweg, zur Stunde der Dämmermelancholie, wenn die Freundschaft überfließt, den Mund aufgemacht, um, um zu reden, und, und, ich mein, mein, er, er . . . Gut, ich mache ihn wieder zu.

Ich habe eine gelähmte Zunge im Mund.

Meine Kindesliebe macht mich kaputt. Ich kann nicht bis ans Ende gehen. Nicht bis ans Ende heißt nirgendwohin. Deshalb hasse ich ihn! Er hat mich vielleicht nicht in die Welt gesetzt, aber mit Sicherheit hinausgesetzt.

Bei Odette, die zitterte, wenn sie nach Hause mußte, um von dem ihren die Empfangsprügel entgegenzunehmen, bin ich am weitesten gegangen, als ich zu ihr sagte: »Den meinen hasse ich.« Sie hat mich angeschaut, als sei ich ein Ungeheuer: »Wie kann man seinen Vater hassen?«

Ich genauso erstaunt: Wie kann man seinen Vater lieben?

Das war das Ende. Zwischen Odette und mir.

Auf meine Schliche und Tricks antwortete der Stratege, indem er mir, im Namen der Sicherheit, von seinem Feldwebel Tanz, Schwimmbad, Rue la Marelle und, ach ja, Judo verbieten ließ. Alle diese gefährlichen Vergnügen gab es nun abends als Trockenkurs im Bett, in das er – im Unterschied zu zahlreichen seiner Gesinnungsgenossen, wie ich später erfuhr – nicht schlüpfte. Denn seine Frau litt an Schlaflosigkeit.

Meine Antwort war die Entdeckung des Pfadfindertums. Der katholische Zweig. Da konnte er mir nichts anhaben: Meine Mutter war sehr dafür (meine Seele) und blieb seinen alarmierenden Worten gegenüber taub.

Zugleich hatte ich jede Menge Ferien gewonnen: ach, wie liebte ich das Lager! Die Lieder am Abend, die Vögel am Morgen! Ich war auf Anhieb eine tolle Wölfin, ich konnte alle Knoten machen, ich war von oben bis unten mit Abzeichen bedeckt und verliebte mich in meine Gruppenführerin.

Nachdem ich darüber hinaus auch noch einen strahlend schönen Feldgeistlichen bekommen hatte, fand eine spektakuläre Bekehrung zur Großmutterreligion statt. Übergossen mit Vokationslack fürs Kloster: dadrinnen soll man tatsächlich seine Ruhe haben.

Ich versuchte es mit der Donnerstagsmesse. Aber sie endete verzweifelt früh. Er erkundigte sich: meine rechtzeitige Rückkehr wurde verlangt. Darüber hinaus heizte ihn die Heiligkeit gewaltig auf, er wollte mich mit Rosenkranz und das Vaterunser aufsagend. Ganz laut. Vater unser! Der Du bist im Himmel! Dein Wille geschehe! Auf Erden wie im Himmel, Scheiße!

O Gott, der Du siehst, wie ich Dich schamlos benutze, beachte aber bitte auch, wie ich mit Deiner Hilfe um mein Seelenheil kämpfe.

Da ich mich am Ort des Kultes befand, dachte ich daran, es mit der Beichte zu versuchen. Vielleicht erleichtert das. Diese Leute sind eigens dafür da, sie sitzen im Dunkeln, und man geht davon aus, daß sie nicht petzen. Im Grunde eine gute Idee. Ich gehe also in den Kasten und, falls Sie nicht Bescheid wissen, das erste Wort, das man sagen muß, ist: »Vater« – Scheiße. Das zweite: »Ich bitte um Verzeihung« und wegen was, bitte sehr? Das nächste: »Ich habe gesündigt« – wohl nicht recht bei Trost, wie? Und schließlich: »Es ist meine Schuld« – das ist die Höhe! Folglich habe ich mich diskret weggeschlichen, und der Bruder hat keinen Ton gehört.

Das Ding war nichts für mich. Ich wollte eigentlich nicht beichten, sondern Anklage erheben. Aber dazu haben sie nicht das nötige Rüstzeug. Gott hätte daran denken sollen.

Was meinen persönlichen Vater anging:

»Dem Beichtgeheimnis darf man nicht allzusehr vertrauen. Die Pfarrer sind heimtückisch. Ich sage dir das für den Fall eines Falles.«

Um einen Strafantrag zu stellen, ist die Polizei da: nun, können Sie sich mich dort vorstellen, mitten unter diesen kostümierten Haudegen? Wahrscheinlich Familienväter? Ich komme rein und sage: Ja, was sage ich denn? Wie sagt man offiziell dazu? Immer dieses Problem mit den Wörtern. Außerdem hatte er mich gewarnt, »für den Fall«: sie werden dir nicht glauben, sie wollen Beweise. Du hast keine. Sie werden sich über dich lustig machen, und du kannst noch von Glück sagen, wenn sie nicht über dich herfallen. Wie ich gehört habe, aber wie gesagt, ich wiederhole nur, wie ein Papagei. Er war ein Mann, der sich umfassend absicherte.

»Wenn du Glück hast, gerätst du an einen braven Kerl, der dich hierher zurückbringt, und dann stecke ich dich bis zur Großjährigkeit ins Heim, dann hast du's.«

Dreitausendsechshundertzweiundfünfzig Tage mit den Schaltjahren, ich habe nachgerechnet.

Arznei gegen meinen Vater gab's nur eine. Nur als Zielscheibe dachte ich an ihn. Das Mittel war mein einziges Problem.

Eine Spritze mit Luft drin (davon hatte ich gehört) – aber dazu muß man in der Lage sein.

Das Blasrohr mit Kurarepfeilen (die Indianer) – aber wo ist das Kurare?

Rattengift – das dauert sehr lange, und in den Büchern und den Filmen werden sie alle geschnappt.

Das Aspirin mit den Schlaftabletten meiner Mutter vertauschen – er nimmt nie Aspirin.

Unter dem Kopfkissen ersticken – noch nicht genügend Muskeln.

Unter die Metro stoßen. Oder von einer Klippe – dito.

Bronzener Leuchter (oder chinesische Vase) – dazu müßte ich auf einen Stuhl steigen, und der Überraschungseffekt wäre dahin.

Kerzen anzünden, darauf darf man nicht zählen – wieso sollte Gott (der Vater!) auf meiner Seite sein?

Wir sind nicht gut bewaffnet.

Kamikazeaktion? – er hatte einen versteckten Revolver (er liebte Waffen). Bei Ehekrächen holte er ihn hervor und drohte damit, »sich umzubringen«, Zitat. Während ich hinter der Tür inbrünstig betete: »Tu es! Tu es! Tu es doch endlich!« Aber nein. Niemals. Und am andern Morgen beim Frühstück Küsse zwischen den beiden selben, die sich gestern noch das Nichtwiedergutzumachende an den Kopf warfen, ach, die Großen!

Ja. Kamikaze ist der einzige wirklich sichere Trick. Es genügte, den Revolver in die Hand zu bekommen, hinterher würde ich ihn nicht verfehlen. Ich werde auf die

Gelegenheit warten, daß er ganz nahe vor mir ist. Aber da ist ein Haken: man will leben, Herrgott noch mal! Und das nicht im Knast, wo es keinen Sinn hat. Das ist sogar die ganze Frage. Mehr noch, ich fand, daß es im vorliegenden Fall eine Pflicht war.

Das Überleben kommt vor den Gefühlen.

Was ich in Wirklichkeit wollte, war nicht einmal sein Tod. Sondern nur, daß er sich zum Teufel scherte. Er störte mich. Ihn einfach verschwinden zu lassen, würde mir genauso passen, abrakadabra.

Das hat funktioniert, aber nicht schnell.

Daß ich mit all meinen geistigen Übungen zum vollkommenen Verbrechen keine Killerin geworden bin, darf ich mir als Verdienst anrechnen.

Ich habe großen Respekt vor dem Leben, dem tierischen, pflanzlichen, mineralischen. Aber beim menschlichen kommt's darauf an, welches: es gibt welche, ich glaube, alles, was mich zurückgehalten hat, war nur die Angst, meine kostbare Freiheit dabei zu verlieren.

Ich werde nicht einmal eine Berufsgangsterin sein. Nur ein bißchen, so nebenbei, notgedrungen, und außerdem, ist man erst einmal soweit, ist man festgenagelt, wie hinter Gittern. Ich will mich aus dem Staub machen können. Wie meine Mutter sagt, du fängst alles an und bringst nichts zu Ende, du wirst nie irgend etwas erreichen, aber gut, ich bin nicht da, um mein Leben zu erzählen, ich arbeite auf einem begrenzten Operationsfeld, ich werde mich daran halten. Ich habe so schon genug Mühe damit.

Das hat mich eine beachtliche Zeit gekostet, wegen meiner gegenwärtig verschwundenen Grundehrlichkeit, bis ich auf den Gedanken gekommen bin, daß ich, anstatt bestraft zu werden, wenn ich nicht nett, belohnt werden könnte, wenn ich es bin.

Hier spüre ich, daß Sie den ersten Stein nach mir werfen: das ist gar nicht gut, so was ist häßlich. Bis dahin bin ich ein kleiner, braver Soldat gewesen, der sich nur gezwungen und notgedrungen in einen ungleichen Kampf begab. Jetzt aber lasse ich bei der ersten Aufforderung die Hosen runter. Und das aus Eigennutz! Also da enttäusche ich gewaltig. Darauf, meine Damen, werde ich eine biblische Antwort geben: da hätte ich Sie mal sehen mögen. Zu den Herren sage ich nur, daß sie hinter der eigenen Tür kehren sollen.

Das ist nun mal so, der tägliche Doppelknoten macht einen früher oder später gaga. Es lagen noch dreitausendzweihundertsiebenundachtzig Tage vor mir, bis ich einundzwanzig war, ich würde sie nicht überstehen. Ich hänge an meinem Gehirn, es ist meine einzige Waffe. Auf jeden Fall ist jedes noch so kleine Gehirn zu kostbar, als daß man die Erwachsenen damit spielen läßt.

Abgesehen davon gebe ich gern zu, daß meine moralischen, von meiner Mutter so schön anglegten Normen sich zu lockern begannen. Verschlungen wurden sie wie die Wege der Vorsehung.

Also, kein Geld, niemals belohnen lassen! Kommt nicht in Frage.

Ich erwähne es, weil es das gibt. In den USA, wo das Taschengeld für die Kinder eine heilige Institution ist, gehört das in den Familien zur gängigen Praxis. Ich habe das kürzlich in einem seriösen Buch gelesen.

Also in Naturalien belohnt, und das nicht einmal materiell – Sie sehen, wo die Fetzen hängenbleiben, die noch von der Moralität an mir herumbaumeln. Wie ich in meinem Mülleimer herumrudere. Belohnt mit Straferlassen. Mit Nachsicht wie beim Papst. Mit dem Lächeln meiner Mutter, wundersamerweise beruhigt.

Belohnt dafür, meinem Vater durch das Lächeln meiner Mutter nachzugeben. Die Tugend, die dem Laster zulächelt. Mir wird schwindlig.

Ich muß sagen, dieses Geschäft mit dem mütterlichen Lächeln ist eine seiner großartigsten Leistungen. Meines Vaters. Der sicherlich nicht die ganze Tragweite ermessen hat, das konnte ich besser. Von unten sieht man genauer.

Wenn meine Mutter gewußt hätte, was da läuft, sie hätte sich nicht aus unserer zweiten Etage gestürzt, sondern von der dritten des Eiffelturms.

In diesen neuen Doppelknoten geriet ich früher, statt später. Quantitativ verlor ich dabei an Tugend. Von dem, was noch übrigblieb. Aber da ich nicht daran vorbeikam, weil der Krieg immer noch vor der Tür stand, machte das keinen großen Unterschied in der Qualität.

Und doch, es machte einen! Er ist mir allmählich aufgegangen, ich war nicht aufgeweckt (allerdings war meine Erfahrung noch neu bei diesen Spielen, deren gewirkte Erwachsenenexistenz ich anschließend erlebte). Beim Gebrauch stellte ich dann fest, was sich geändert hatte: auch ich hatte jetzt ein Anrecht auf Manipulation. Meine Waagschale hing ein klein wenig tiefer. Ich war nicht mehr das reine Opfer, ich war auch das Miststück.

Ich konnte auf mich warten lassen. In aller Ruhe und ungestraft. Ich brauchte nur »ja« zu sagen, sobald ich vorgeladen wurde, und sanft hinzuzufügen: »Ich mache nur noch meine Rechenaufgaben.« Und die Zeit, die ich dazu brauchte, die maß ich! Und er saß allein mit hängender Zunge in seinem Zimmer, haha.

Ob Rechenaufgaben oder nicht – denn ich log natürlich wie gedruckt, schamlos, perfekt. Offene Augen, in denen nichts zu lesen war, so rein wie mit fünf Jahren. Ich hatte das ganz allein gelernt, und fürs Leben.

Wo war die Zeit, in der ich, vor meiner Mutter stehend, beim geringsten Verstoß gegen die Wahrheit purpurrot geworden bin und in aller Eile diese Wahrheit bei einem einzigen ihrer argwöhnischen Blicke, denn sie las in mir, wieder in ihre heiligen Rechte einsetzte? Aber jetzt nicht mehr. Niemand liest gegenwärtig in mir. Ich habe den Laden dicht gemacht. Vorhang.

Geschlossen wegen Notwehr.

Ach, wissen, wann man ehrlich ist und wann man es nicht ist! Wann man es sein kann und wann man es nicht sein soll. Ach, sich heiter zwischen der schönen Moral und der schönen Unmoral entscheiden! Ach, sich lügen hören, so wie man eine Arie singt, ach, wissen, was man tut. Wo man ist. Vor wem. Den Lügner anlügen. Den Verräter verraten. Sein Wort im selben Augenblick verleugnen, in dem man es gibt – oder es auch halten, fest und steif wie ein Recke, das kommt vor. Ach, die Wahl haben!

Diese Lehre habe ich von ihm, meinem Vater, der mich in etwas ganz anderes einzuweihen glaubte. Und daß er das nicht gemerkt hat, ist das nicht erheiternd, er hat mir immer geglaubt. Wie alle Welt. Seine Frau hatte mich so gut erzogen! Ich hatte einen so reinen Blick!

In dessen Schutz heimlich ein Strolch heranwuchs, der mir überleben half.

Danke Papa?

Unentscheidbare Antwort, in guter wissenschaftlicher Strenge: ich habe keine Versuchsgruppe. In Wahrheit hat man nie eine, wo es sich um Zweifüßlerangelegenheiten handelt. Es bleibt die Ungewißheit. Folglich kann man überhaupt nichts entscheiden.

Das erinnert mich an den Analytiker Sam Ritvo, der die Worte eines seiner Patienten zitierte:

»Auschwitz hat aus mir einen Mann gemacht.«

Das bestärkte noch die weitverbreitete Vorstellung von der »psychischen Realität« (oder Irrealität der Realität): nicht auf die Katastrophen kommt es an, sondern nur darauf, wie man es aufnimmt.

Selbst wenn man dem zwangsläufig verwirrenden Inhalt des Begriffs »Mann« nicht Rechnung trägt, läßt sich aus ihm keine zuverlässige Schlußfolgerung ziehen. Mangels Versuchsgruppe, das ist: das gleiche Individuum (also zumindest geklont), das nicht am selben Ort war. Das belegt alles, was sich »Humanwissenschaft« nennt, mit der Aura des Zufälligen.

Wer weiß, ob die geklonte Versuchsperson ohne die Katastrophe nicht noch mehr Mann (?) geworden wäre – das heißt, daß er am Ende keinen Analytiker gebraucht hätte?

Bevor er zu seiner hochriskanten Expedition aufgebrochen ist, mußte ich ihm schwören, daß ich meine Mutter nie verlassen würde. Der Idiot. Alles, was ich ihm schwor, war schon längst weniger wert als ein Nagel, und bis zum Schluß hat er das nicht gewußt, kaum hatte er

Fersengeld gegeben, ging ich Streichhölzer kaufen und brachte einen Ozean zwischen sie und mich.

Er, der Dummkopf, log wie gedruckt, wie es heißt. Schon gleich bei der Ankunft. Ohne es zu merken. Und sich zwanzigmal verplappernd. Um aus einem Wespennest zu kommen, in das er sich gesetzt hat, und dann in ein anderes zu geraten, aus dem er und so weiter endlos. Und dann schließlich mit fünfunddreißig Jahren zu sterben, ohne mir eine einzige verfluchte Träne zu entlocken.

Rechenaufgaben oder was es auch immer war, Schmökern, verlogenes Tagebuch, Courths-Mahler-Fälschung, verbrecherische Träume, sein Schmachten bereitete mir Befriedigung, sehr unmoralisch, nicht wahr? Oder sehr moralisch? Eine sehr moralische, sadistische Befriedigung?

Da soll sich mal einer zurechtfinden.

Ich hatte eine Zeitlang schlichte Rachephantasien, in denen ich ihnen die Waffen abnahm und sie wegwarf.

Oh, nicht nur Phantasien, warum soll ich nicht ehrlich sein, wo es nichts kostet?

Natürlich bedeutete das nur zurückzutreten, um besser springen zu können. Seine Geduld hatte Grenzen, ich mußte das richtige Maß halten. Meine Waagschale hing immer noch sehr tief. Ich gewann nur einen ganz kleinen

Spielraum. Aber der kleinste Spielraum ist schon gut. Bedeutet Ruhe.

Doch über diese verschlungenen Wege, von Sprung zu Sprung, gelangte ich zu einer Wissenschaft von der menschlichen Natur, die meine Mutter hätte erröten lassen.

Die gute Schule

Bei meinem Kommunionessen, es war der Ehrentag meiner Großmutter –

die man sonst aber seit der Rückkehr des verlorenen Schwiegersohns nicht mehr sah: allerdings hatte sie mir voller Stolz das heilige, lilienfarbene Kleid gekauft, in dem es sich meine ungebeichtete Todsünde bequem machte; und von dieser Todsünde gechartert, hatte ich am Morgen meinen Platz in der Hölle reservieren lassen; dann kam, da mir der Himmel nicht auf den Kopf gefallen war, mein endgültiges Atheismusdiplom; beim Kleid sorgte ich dafür, seine Reinheit während des Desserts mit Hilfe einer farbbeständigen Johannisbeersoße zu verderben, das wirkte echter. Ich liebe es, inmitten der Heuchelei einen Klacks Wahrheit anzubringen. Daher bin ich immer voller Flecken, und meine Mutter sagt, ich sei schmutzig; aber das Gegenteil ist der Fall –

bei diesem heiligen Essen, zu dem sich ausnahmsweise die beiden unverträglichen Zweige meiner Verwandtschaft einfanden: mütterlicherseits die in aufsteigender Linie und väterlicherseits die Seitenlinie, wurde ich traditionsgemäß gefragt, was ich später einmal werden wolle, und da, war es nun der Teufel oder Gott oder der reine Wein, den man mir erlaubt hatte? Wie eine plötzliche Kolik sprang mich eine der heftigsten Versuchungen an, die ich je in meinem Leben gehabt habe und der nicht erlegen zu sein ich bis heute bedauere. Die Antwort stieg mir fröhlich auf die Lippen:

»Hure.«

Was für eine Antwort, Herrgott!

Nur ein Lächeln kam hervor. Das ganz schön stolz und ordinär gewesen sein muß, denn mein Herr und Meister auf dem Gebiet erstarrte für einen Augenblick mit einem Ausdruck des Entsetzens.

Es war das erste Mal, daß in meinem Kopf meine Berufung Nr. drei auftauchte.

Später, als ich mich mit Paul dann auch privat unterhielt, fragte er mich: »Was hast du denn damals, am Tag deiner Kommunion, beinahe preisgegeben? Was du einmal werden möchtest. Ich habe mir immer diese Frage gestellt. Du sahst so verzückt aus ...«

Die wahrheitsgemäße Antwort, die ich ihm gab, erfüllte ihn mit Freude. »Wie schade!« sagte er. Er sah darin nur einen köstlichen Scherz.

Als ich auf der Suche nach Streichhölzern und anderer Mittel zur Bestreitung meines Lebensunterhalts durch die Straßen lief, begegnete ich Lucette. Wir haben auf der Toilette einer Kneipe einige Geistesblitze über den Zustand der Örtlichkeiten ausgetauscht, der uns beide daran gehindert hatte, einen Fuß hineinzusetzen.

»Sag mal, dein Scheißhaus, Manometer!« sagt sie, als sie wieder an der Theke stand.

»Maiiin Scheißhaus! Das ist ein eeehrliches Scheißhaus, es sagt, was es ist.«

»Es schreit die Wahrheit heraus«, sagt meine Freundin. »Einen Saft, Momo.«

»Warum gehst du nicht ins Meuheurice, wenn du sehen willst, wo du hintrittst?«

»Das kommt noch.« Momo schüttelte voller Zweifel seinen dicken Kopf, ein richtiger Philosoph, sagte ich zu mir, als Expertin: da ich unter dieser Rubrik an der Universität eingeschrieben war, hörte ich mir hin und wieder eine Vorlesung an. Enttäuschend. Momo hätte dort sein sollen. Nach einem kurzen Identifizierungsdialog bot mir Lucette, die sah, daß ich nichts bestellte, einen Kaffee an. Das kam genau richtig. Ich machte vier Stücke Zucker rein. Mir fehlte es an Kalorien.

»Suchst du Arbeit?«

Sie war aufgeweckt. Ich sage, na ja, gewissermaßen schon, aber nicht irgendwas, das Büro habe ich hinter mir, danke, nie wieder, und ich fing an, ihr meinen stolzen Weggang zu erzählen, als der stellvertretende Abteilungsleiter, der uns mit seiner stinkenden Zigarre einnebelte, mir meine wohlduftenden amerikanischen Zigaretten verboten hatte, gewöhnliche Angestellte in der Rechnungsabteilung, so hoch hinauf hatte mich meine Stärke in Mathe gebracht – also wenn ich mal erzähle, dann erzähle ich. Lucette fragte dazwischen: »Wie alt bist du?«

Ich sagte: »Zwanzig. Vorbei.« Es war eine Unwahrscheinlichkeit, aber gut, ich sagte zwanzig vorbei. Eingebung.

»Das ist nicht alles, wir müssen pinkeln«, folgerte Lucette. Richtig: sie hatte anderes zu tun, als mit mir zu plaudern. Sie hatte nicht allzuviel von ihrer Arbeitszeit zu verplempern. Sie zahlte meinen Kaffee. Ich war frei, aber von der Freiheit wird man nicht satt.

Sie war hübsch, jung (zwanzig vorbei), lustig. Ich revidierte schnell mein Vorurteil, Huren seien alt, trist und krumm. Auf den wenigen Metern bis zur nächsten Kneipe musterten uns umherschlendernde Kerle, musterten uns beide mit großem Interesse. Lucette bemerkte es kaum.

Sie steuerte, mich im Kiel, auf einen Tisch zu, an dem

vier typische Macker saßen, die gerade eine Partie Poker spielten. Einer von ihnen sah stirnrunzelnd zu ihr auf, dann ließ er mit hochgezogenen Augenbrauen seinen Blick über mich schweifen, dann wieder über sie. Mit dem Kinn zeigte er auf die Stühle rundherum. Zeigte seinen Partnern zwei seiner Finger, wir setzten uns, o je, dachte ich. »Ich gehe pinkeln«, verkündete Lucette und ging nebenan durch eine Tür. Begleitet von passenden Einsilbern und ohne daß es so aussah, als schenke man mir Aufmerksamkeit, ging die Partie mit wütenden Kartenabwürfen zu Ende, der Sieg des Mackers von Lucette offensichtlich durch einen Dreier mit Königen und der geistvolle Glückwunsch, der ihm genau in dem Augenblick an den Kopf geworfen wurde, als sie zurückkam: »Du hast ein Schwein, ein verdammtes, ha, ha, ha!« Sehr amüsant. Unterdessen hatte ich verschiedene schnelle Blicke weggesteckt, die aber, nach meiner bereits reichen Erfahrung, klar waren wie Leitungswasser: ich war Frischfleisch. Zu frisch eher, verdammt minderjährig, aber im Gewerbe haben sie bestimmt Tricks dagegen. An der Art schrägem Grinsen, das wie Weihrauch in Richtung Lucette hochstieg, las ich, daß ihr Fang als marktgängig angesehen wurde, sie folglich für ihren Verdienstausfall Amnestie bekam. Die Karten wurden neu verteilt. Lucettes Macker sah auf die Uhr, sprach seine ersten Worte: »Noch eine Runde?«, setzte, die andern gingen mit. Raffte seine Karten zusammen, ließ die Ecken durch die Finger gleiten, sagte, ohne hochzuschauen: »Bist du ausgebüchst?« (Damit meinte er wohl mich.) Ich schüttelte den Kopf, nein.

Ich lungerte schon einige Monate herum. Ich wurde mit Sicherheit nicht gesucht, zu den Bullen zu gehen war nicht der Stil meiner Mutter. Ich kannte sie. Sie schmollte. Sie hatte sich in ihre Würde verkrochen. Es war an mir, etwas zu tun. Sie war nicht die Frau des ersten Schritts.

Später –

während ich jede Nacht von ihr träumen würde, an den Füßen gezogen von ihrem Gespenst, das ich überall mit mir herumtrug; zusammengebrochen unter dem Gewicht meiner Unbeugsamkeit, krank vom Kummer, den ich ihr bereitete, Tag um Tag krank, aber nicht schuldig: unter Schmerzen meine notwendige Übertretung vollendend, auf die Stimme hörend, die rief: Nein! Nein! und als gesichert ansehend, daß »man«, wenn »man« ein Kerl ist, die Seinen verläßt und in die weite Welt geht (mit mir die Ideologie!), und selbst Jesus hat es gesagt (die Mystik auch!) und jedesmal verdammt schockiert, wenn einer meiner so freien Kumpels sonntags nach Hause ging, um im Kreis der Familie zu Mittag zu essen – bis ich merkte, daß ich verdammt noch mal die einzige war, die das nicht tat, es niemals tat – krank vor Mitleid, aber um nichts in der Welt, nein! würde ich zurückgehen, denn: mein Leben! mein Leben! Auch wenn ich ein Ungeheuer war und was dieses Leben auch wert war, es war immerhin mein Leben, und ich konnte nicht zulassen, daß man mich umbrachte, nur weil ich liebte –

später, in der Zeit der großen Niedertracht, würde sie sich entsetzliche Sorgen machen.

Noch später verlor sie die Hoffnung. Während ich, viertausend Meilen zwischen uns und einen anderen Namen tragend, schließlich meine Nabelschnur bis zur letzten Faser und bis zu meiner Befreiung durchnagte.

Es ist die einzige Möglichkeit.

Ich sagte zu meiner Anwerberin (aber sympathisch, immer noch so sympathisch wie einst): »Jetzt bin ich dran. Wo ist es?« – »Auf der Etage, rechts.« Ich stand auf. Schenkte ihr ein Lächeln, in das ich alles hineinzulegen hoffte. Ich ging durch die Tür nebenan. Ich ging nicht eine Etage höher, ich nahm den Flur zur Straße. Folgte auf dem Bürgersteig der der Kneipe entgegengesetzten Richtung, bog ums Eck in die erste links, und im Laufschritt bis zur Place du Chatelet, ging über die beiden Brücken mit dem Gerichtsgebäude dazwischen, faßte wieder Fuß in »meinem Viertel«. Hörte auf zu laufen.

Alles ist Strich

»Unzerstörbar weil zerstört«
Iris Murdoch

Ich bin in die Bibliothek meiner Sorbonne gegangen, die sich dort befand, und habe mich hingesetzt. Brauchte keine Bücher holen zu gehen, ich hatte eines bei mir, das zu entschlüsseln war. Titel: »Warum?« – warum hatte ich, die Unmoralische par excellence, die Fessellose, auf ein Stellenangebot gespuckt, das so sehr meiner anläßlich meiner ersten (und letzten) Kommunion fast offiziell erklärten Berufung (Nr. drei) entsprach? Ich mußte hinterher darüber nachdenken, da es kein Vorher gab. Denn das bereitete mir ein Problem: Wer bin ich?

Mein Verhalten im Feuer war nicht glänzend gewesen. Vor die Herausforderung gestellt, endlich frei das Jenseits von Gut und Böse auszuüben, in dem ich mich zu befinden vorgab, hatte ich Reißaus genommen wie ein Kaninchen. Und obendrein war ich nicht einmal in der Lage, nachdem sich herausgestellt hatte, daß ich nicht jenseits war, eindeutig zu entscheiden, ob meine wilde Flucht in die Rubrik gut oder in die Rubrik böse einzuordnen sei.

Ich neigte zu letzterem: schließlich muß man, um in dieser höchst irdischen Welt essen zu können, so oder so die Hure spielen. Alles ist Strich, gab ich dem Postulat selbstzufrieden Ausdruck und stolz darüber, daß ich etwas Kürzeres über das Thema gefunden hatte als Marx.

Wenn alles Strich ist, gibt es keine Moral der Arbeit, das einzige Kriterium, das zählt, ist die Zeit (eine meßbare Größe). Das heißt (Grundsatz): die höchste Tugend ist die niedrigste Arbeitszeit. Da dies, wie ich vermutete, eher zu Gunsten des Trottoirs als des Büros ausging, hätte ich mich also, ich hatte den Finger auf meine Sünde gelegt, nach der Arbeitszeit erkundigen sollen, anstatt so überstürzt die Arbeitsvermittlungsstelle zu verlassen. Und zwar unabhängig vom Erfüllungsorgan, denn schließlich, wo liegt der Unterschied zwischen ihnen?

Es gibt keinen.

Das ist etwas, das ich aus Erfahrung kannte: lieber Gott, mein Kultgefäß (anatomisch ist das Bild etwas schief, aber das Ergebnis ist das gleiche) war schon längst profaniert, wegen unerlaubter Objektbenutzung. Um mich einer genauen und wissenschaftlichen Sprache zu bedienen.

Den Entsakralisierungsvorgang eingehend zu beobachten, hatte ich auf Grund sechs langer Jahre währenden wöchentlichen Privatunterrichts plus der Aufgaben in den Ferien genügend Muße gehabt.

Was kann man tun?

Ist man erst einmal da, vorgeladen als Kriegsbeute, eigenfüßig hergekommen und nicht angekettet zwischen zwei Gendarmen, weshalb das Bild nicht zeigt, daß man nicht aus freien Stücken gekommen ist, im übrigen bin ich vorgewarnt: »Ich werde sagen, daß du es darauf angelegt hast, und man wird nicht dir glauben sondern mir. Den Kindern glaubt man nicht« – etwas, das ich in der Folge durch die ganze, dieser Frage gewidmeten Wachhundliteratur bestätigt sah –

ist man erst einmal da, hinter dieser geschlossenen Tür, die niemand aufmachen wird; nach allen Seiten hin abgesichert, das Heft aufgeschlagen für den Fall eines Falles; und die Interventionsstreitmacht einsatzbereit,

was bleibt zu verteidigen?

Die Ehre? In wessen Augen?

Oh, ich hab's versucht. Und jedesmal verlor ich sie. Was für ein merkwürdiges Bedürfnis, vom Feind anerkannt zu werden.

Gott weiß nicht Bescheid, denn ich habe ihm nicht gesagt, was für Abwehrsysteme ich eingesetzt habe, alle vergeblich gegen seine Aufmerksamkeit.

Also legt sich die kleine Ziege des Monsieur Seguin in ihrem schönen, weißen Fell, das nicht mehr weiß ist, nachdem sie getan hat, was sie konnte, auf der Wiese nieder.

Ich erfand mich abwesend. Entzwei geschnitten, das eine Stück war ich, und das andere nicht. Ich stellte mich tot. Ich erfand ihn, anders, unbekannt. Sklave. Objekt.

Er wußte nicht, daß er nicht mehr da war. Niemand war. Ich war allein auf dem laufenden. Und was für einen

Unterschied machte das? Nur ich sah diesen Unterschied. Dabei durfte ich ihn nicht aus den Augen verlieren.

Ich hielt das für eine Art geistiger Übung, mögen die Götter mir verzeihen, ich wußte nicht, was ich tat. Ich meine, mir selbst antat.

Seltsamer kleiner Handel.

Der Geist, mein Gott, weht wo er kann.

Der meine hatte nicht viel Platz.

Der Friede für eine Weile verlängert; befreit, kalt, gewaschen, kehrte ich zu meinen Rechenaufgaben zurück, zu meinen Mordträumen. Undankbare.

Originalwahnvorstellungen

Durch die Erfahrung belehrt, brachte ich zu meinem persönlichen Nutzen die Wahnvorstellung hervor: »Ich gehe auf den Markt und kaufe mir einen Sklaven.« Das spielt im alten Griechenland, mit sorgfältig hingepinselten Bühnenbildern (Wahnvorstellungen müssen sorgfältig hingepinselt werden). Sonne, Meer, Schönheit, wozu knausern. Die zum Verkauf stehenden Sklaven werden auf dem Marktplatz in kurzen, knallbunten Tuniken zur Schau gestellt. Ich treffe ohne Eile meine Wahl, nehme meinen Erwerb gleich mit. Ich bin nicht gemein zu meinem Sklaven, ich habe keinen Grund, es nicht zu sein; er macht, was ich will wann ich will und ansonsten verschwindet er aus dem Bild. Das ist nicht kompliziert. Ich bin eigentlich sehr einfach. Wenn mir niemand das Leben schwer macht.

Seltsam, das gleiche in der Wirklichkeit machte mir überhaupt keinen Spaß. Ich langweilte mich. Vielleicht gehörte das alte Griechenland unbedingt dazu. Es ist eine Originalwahnvorstellung. In einer Zeit, in der die Sklaven bezahlen müssen, hat es keinen Sinn. Verlangen sie dazu auch noch, schlecht behandelt zu werden, werden sie eindeutig zur Belastung. Und am Ende sind sie nicht einmal gute Hausangestellte.

Ich spiele dieses Spiel nur zu ganz speziellen Zwecken.

Vater unbekannt

Unbekannt ist er für mich eigentlich immer gewesen.

Ich sah nur sein Verhalten: Absichten, Vorkehrungen, Annäherungs- und Einkreisungsmanöver, unterirdische Wühlarbeit, Fallenstellen, der ganze Mechanismus, wie das funktionierte. Das alles beobachtete ich hochmütig und sah es von weitem kommen – was mir für die Zukunft zwar Fühler wachsen ließ, mir in der Gegenwart jedoch nicht weiterhalf, denn nichts hätte dies vermocht, da die Kraft und das Recht auf seiner Seite waren und sicherlich auch dieser verfluchte Gott, den wir haben.

Ich sah sein Verhalten, aber ihn, den Kerl, den kannte ich nicht, ich wußte nicht, wer er war. Was er im Kopf hatte, seine Gedanken, Beweggründe, was weiß ich. Seine Person. Sein Wesen! Wenn man ein solches Wort überhaupt benutzen kann.

Er war ein Tatbestand.

Wer er ist, ich hatte es mich nie gefragt.

Das interessierte mich nicht.

Ich fragte mich, oh, wie oft, fragte mich wegen meiner Mutter mit den verbundenen Augen, wegen Douchka, der Geheimnisvollen, wegen meiner Gruppenführerin, wegen der Katze, wegen der Spinne und wegen ihrer Fliegen, wegen der Wanderschwalben, wegen der Wüstenfüchse im Zoo, die nicht mehr in der Wüste herumlaufen, wegen der ramponierten Marienkäfer, die nicht mehr fliegen können, und wegen allem möglichen, das auf der Erde lebt,

wegen ihm, nein.

Nein. Ich begann ganz allein vor mich hinzulachen: ich hatte gerade eine meiner Bibliotheksoffenbarungen gehabt. Immer dort überkommt es mich. Ich bin ein Bücherwurm.

Die Vision war das Gerichtsgebäude, an dem ich gerade wie eine Gazelle vorbeigelaufen war. Und dort drin der riesige Saal und ich, winzig, zu dem weiter oben beschriebenen Unbekannten geschubst. Und das Wort, das ich gleich zu Anfang für ihn herausbringe, ist nein.

»Nein.«

Ich sehe mich buchstäblich. Zum ersten Mal in meinem Leben hebe ich von meinem Nabel ab und mache eine Kamerafahrt rückwärts, enthülle das ganze Bild.

Dort unten, ein Meter fünfzehn, auf ein Meter fünfundachtzig, und: Nein!

Kugel im Kopf, eine Herausforderung. Eine hübsche, kleine, blonde Herausforderung mit Unschuldsaugen und so zart. Und versteht nichts. Kurz, eine Provokation. Ach, tollkühn!

Die Kätzchen wissen nicht, daß sie klein sind. Sie haben keine Angst vor den großen Katern. Und die großen Kater, die wissen, daß sie die Stärkeren sind, bleiben bescheiden und lächelnd auf ihrem Hintern sitzen: sie begreifen die Kleinen nicht und lassen sie die Schüsseln leeren. Zivilisierte Leute.

Dank I

Was die mütterliche Wiedersehensbescherung angeht, da ich gerade am Ort der Vollstreckung bin, so hat sie mir in ihrer phantastischen Verkürzung (gib Vater einen Kuß. Nein. Peng) die Augen gründlich geöffnet. Und mit einem Schlag meinen ganzen Respekt außer Kraft gesetzt (den ich hatte! den ich hatte! ich war vollgestopft damit! Respekt, Liebe, Vertrauen, Furcht, das komplette Menü, genudelt und vollgestopft wie eine Gans, wir fangen zwangsläufig alle damit an, es ist das einzige, was wir haben), all meinen Respekt, der anschließend durch nichts wiederhergestellt wurde, vor den Erwachsenen. Wetterfahnen. Ändern ihre Meinung, wie sie ihr Hemd wechseln, fallen um, argumentieren wie alte Pantoffeln, sagen weiß und tun schwarz, ohne daß sie es überhaupt merken, und wenn man sie mit der Nase draufstößt, eine Stinkwut. Keine Logik. Irgend etwas. Wissen nicht, was sie tun, möge Gott ihnen verzeihen, wenn Er will, ich bin nicht verpflichtet. Da das alles Tag für Tag vor meinem brutal vom Himmel auf die Erde gefallenen Blick sich bewahrheitete, hörte ich für alle Zeiten auf, ihnen zu vertrauen, uff. Bis einschließlich jetzt, obgleich ich auf dem Papier eine Erwachsene geworden bin, aber absurderweise ändert das nichts. Den Reflex habe ich behalten.

Und deshalb danke für diese einzige und heilsame Ohrfeige: sie war ein wunderbares Geschenk.

V

»Was tust du da? Ohne Buch. Und warum lachst du? Ohne mich.«

Ich schwang mich aus meinem Loch hinaus, schüttelte mir den Staub ab, paßte mich der Gegenwart an und fand darin Ari, der neben mir saß.

»Mein Buch habe ich innerlich. Titel: ›Warum habe ich auf eine leichte Arbeit gespuckt, die allerhand einbringt‹«, worauf die ganze Geschichte folgte, von der Zigarre des stellvertretenden Abteilungsleiters bis zum Bücherwurm, der an seinem Problem nagt.

»Na, warum hast du darauf gespuckt?«

»Ich weiß es noch nicht, die Frage ist mir abhanden gekommen, im Verlaufe der Abschweifungen.«

»Aha, erzähl mal.«

»Ach du meine Güte, da muß ich mein ganzes Leben erzählen. Gut. Eine.«

Ich holte aus dem Zylinder »Mamas schönstes Geschenk«, das bei ihm nicht allzuviel hinterließ.

»Ach«, seufzte er, »ich bin nie geohrfeigt worden. Bei uns zu Hause sind die Kinder heilig. Und damit die Eltern natürlich auch.«

»Armer Junge.«

»Endlich jemand, der mich versteht. Dann ist es also besser, wenn man geschlagen wird?«

»Ich bin nicht qualifiziert, mit einer einzigen Ohrfeige, und überhaupt Scheiße, die Erziehung, ein verkommenes Thema, damit wollen wir gar nicht erst anfangen. Nichts ist besser, und niemand wird damit fertig, recht so?«

»Wirst du nicht damit fertig?«

»Natürlich nicht, aber ich habe die Absicht, es zu schaffen.«

»Wie? Indem du auf die Straße gehst?«

»Du lieber scheinheiliger Moralist, du verkehrter Tartuffe, du versteckst doch nur deine Tugend. Schlecht.«

»Und du? Hast du nun ein moralisches Problem oder nicht?«

»Ich habe es gerade geregelt: man kann alles machen, denn alles ist sich gleich. Ich habe mir dazu einige Vorbedingungen geschaffen: wenn's ums Essen geht, ist alles Strich. Also ist das einzige Tugendmaß die Zeit, Nutzanwendung: je weniger Zeit du hergibst, um so unverdorbener bist du. Was für die Straße spricht, warum aber bin ich dann wie ein Kaninchen davongelaufen. Vorm Strich.«

»Vielleicht, weil dein Postulat nicht stimmt? Das klingt zwar gut, dein alles ist Strich, aber ist es nicht doch ein wenig verkürzt?«

»Es ist der ganze Marx. Verkürzt. Nehmen wir doch mal deine Doktorarbeit ...«

»Soll meine Doktorarbeit auf der Straße landen?«

»Ich habe deine Doktorarbeit gelesen. Zwei Seiten. Mehr habe ich nicht geschafft. Ich habe nicht einmal gemerkt, wovon eigentlich die Rede war, nein nein, sag's mir nicht, ich habe dich gefragt: warum schreibst du so, im Leben sprichst du doch ganz normal, Moment, hast du mir zur Antwort gegeben: wenn ich mich nicht des Lokaljargons bediene, falle ich durch. Du hast es gesagt. Also ist deine Doktorarbeit Strich.«

»He, übertreibst du nicht ein bißchen? Das ist nur eine Formfrage ...«

»Und die Form, ist das nichts? Das sagst ausgerechnet du? Ein Linguist? In der Sprache huren, ist das weniger verhurt als das Ficken? Ich will dich nicht kritisieren, verstehst du, aber was sein muß, muß sein. Ich versuche festzustellen, sonst nichts. Ich decke die Karten auf.«

»Ja, und so vermischst du die Ebenen, das ist nicht dasselbe ...«

»Das Organ! Nur das ist nicht dasselbe. Das Arbeitsinstrument! Deine Doktorarbeit, die ist doch, um schließlich einen Job zu kriegen, oder nicht? Mit guten Arbeitszeiten, nicht wie in der Fabrik.«

»Werde nicht demagogisch.«

»O.k., keine Fabrik. Dein Arbeitsinstrument ist eben oben, und du glaubst, das sei vornehmer? Du meinst, die Scheiße kommt nicht bis da oben hin? Da kann ich dir nur sagen, wenn du auf anatomischen Hierarchien bestehst, hat das Hirn wohl mehr zu befürchten als die Möse: das prägt alles. Unauslöschlich. Ich jedenfalls passe auf meinen Kopf auf. Die Möse hingegen, geschenkt.«

»Ist es schon so weit mit dir gekommen?«

»Mein Kultgefäß habe ich längst verloren.«

»Was ist denn das schon wieder, große Götter?«

»Für die orthodoxen Katholen die Stelle, durch die die Kinder eingepflanzt werden, und es soll zu nichts anderem dienen, mit anderen Worten, ein Tabernakel. Aber für mich ist es eine hundsgewöhnliche Stelle, wie die anderen Teile der Anatomie. Außer man läßt nicht geladene Gonos, Trepos oder Spermatos ein, bleiben keine Spuren zurück. Sowenig wie auf dem Felsen der Schlange, im Wasser des Fischs, und wie geht's dann weiter?«

»Drei sind mir zu wunderlich und das vierte weiß ich nicht; Des Adlers Weg am Himmel, der Schlangen Weg auf einem Felsen, des Schiffes Weg mitten im Meer, und eines Mannes Weg an einer Magd.«

»Das ist sehr schön. Du siehst, das steht sogar in der Bibel. Und von der Spur der Magd beim Manne ist nicht die Rede?«

»Nein, du weißt doch, wie die sind. Die Schlampe ist

immer sie. ›Sie ißt und wischt sich den Mund ab, dann sagt sie: ich habe nichts Schlechtes getan.‹«

»Und das hat sie auch nicht! Denn es gibt dort nichts Schlechtes.«

»Und Gutes?«

»Na ja, ich vermute, es kommt drauf an, was man reintut . . .«

»Deine Möse ist wohl ein spanisches Gasthaus.«

»Wo versuchst du mich hinzubringen? Alles ist ein spanisches Gasthaus, wenn man es so sieht, aber so wird es nicht gesehen, ich bin im Augenblick nicht metaphysisch gestimmt, ich habe ein praktisches Problem, du müßtest doch meiner Meinung sein, daß alles, was mal Broterwerb wird, keinen Sinn mehr hat? Andernfalls hat alles einen Sinn, die Hände, die Füße, die Ohren, auch die Musik. Und das Gehirn. Die Möse, vielleicht.«

»Und die verfluchte Musik der Möse ist die Liebe.«

»Da falle ich nicht drauf rein. Die Liebe macht blöd, das ist alles.«

»Ach.«

»Hör zu, in profanen Dingen weiß ich einigermaßen, was Sache ist, aber in sakralen Dingen habe ich keine große Übung.«

»Ich bin mir nicht sicher, ob du in profanen Dingen so genau weißt, was Sache ist. Bisher«, schnarrte Ari, »ist es dir noch nicht richtig gelungen, deine schönen Überlegungen in die Praxis umzusetzen.«

»Sag das nicht. Ich schäme mich ziemlich, wenn ich allein bin.«

»Wegen deiner Tugend?«

»Feigheit. Mir ist klar, daß ich mich noch nicht bewährt habe. Anständigerweise sollte ich wieder dorthin zurückgehen.«

Im Flug war ich dort. Lucette erschien mir in ihrer ganzen Anmut. Ich bedauerte sie, ich hätte sie gern wiedergesehen. Was ich beim Strich eigentlich bedauerte, das war Lucette. Sie hatte mir gefallen. Ich möchte sagen, daß ich mich ein wenig in sie verliebt hatte. Gut, es hätte Risiken gegeben. Sie hätte es mißverstehen können, das ist es, was mich immer zurückhält. Es hätte auch Probleme gegeben mit den Strizzis . . . Oje. Sobald Strizzis ins Bild kamen, verlor es seine leuchtenden Farben und bekam das Mausgrau der Langeweile, des Faden, und des Trübseligen, der Langweile widerstehe ich nur zwei Sekunden lang. Darauf floh ich von neuem und faßte schnell wieder Fuß in dieser braven Realität.

In der Ari sagte:

»... und wenn ich dir zum Beispiel Geld dafür gäbe, würdest du dann mit mir schlafen? So bräuchtest du nicht mehr dorthin zurückzugehen! Zum Zweck deiner Gottesprüfungen!« »Pst«, machte die Umgebung, zu Recht. »Laß uns rausgehen«, sagte Ari. »Gehen wir eine paffen. Na, einverstanden, kommst du mit, Liebling?«

»Aber dann teuer.«

»Warum, zum Teufel?«

»Freundschaftspreis.«

»Aber das läuft doch in die andere Richtung.«

»Wenn ich ein Tier töten müßte, um es zu essen, würde es mir schwerer fallen, eins zu töten, das ich mag.«

»Oh. Amüsante Analogie. Thanatos, der Eros ablöst, weil dem die Pfeile ausgegangen sind.«

»Genaugenommen könnte ich es sogar überhaupt nicht. Lieber krepieren. Glaube ich.«

»Willst du damit sagen, daß du um keinen Preis mit mir schlafen könntest?«

»Genau, um keinen.«

»Aha, in diesem Fall bin ich bereit zu zahlen. Ich würde mein Hemd hergeben. Danach würden wir essen gehen. Und vielleicht ins Kino, es gibt einen Buñuel. Oder wir würden einfach die ganze Nacht über reden?«

»Das ist's. Du hast das Richtige gesagt. Das Gespräch hat keinen Preis.«

»Ich habe gerade gedacht, ich glaube, daß ich jetzt die Antwort weiß, warum ich drauf gespuckt habe. Das Gespräch. Siehst du, das ist es. Wir haben Gespräche. Das ist gut. Ich mag das. Man kann alles sagen. Man kann darüber reden, warum ich keine Hure geworden bin, weil's am Arbeitsplatz keine Gespräche gibt. Das ist es nämlich. Ich bin ganz sicher. Ich brauche dazu nicht einmal dorthin zurückzugehen.«

»Das ist aber eine gute Nachricht. Es hat mich stocksauer gemacht. Ich frage mich nur warum. Denn schließlich bin ich im Grunde einverstanden mit deinen Scheißbedingungen. Aber nicht mit ihrer Anwendung. Genau wie du«, sagte er und freute sich darüber, daß er es mir in der Inkonsequenz gleichtat.

Genau wie ich, das war noch nicht amtlich. Ich hatte noch nicht mein letztes Wort gesprochen.

»Einschließlich meiner Doktorarbeit, du siehst, ich bin zu allen Konzessionen bereit. Sie macht mir übrigens keinen Spaß, meine Doktorarbeit, du siehst, du siehst, natürlich würde ich mir so was nicht antun, wenn es nicht darum ginge, mir eine Grundlage zu schaffen, eine Verhandlungsgrundlage, auf, auf dem Arbeitsmarkt. Für gute Arbeitsbedingungen. Die einem Zeit lassen. Für die wesentlichen Dinge. Schreiben zum Beispiel. Was mein höchstes Ziel ist, bislang noch geheim, du siehst, ich sage dir alles, was ist eigentlich dein Ziel, das dir das Recht gibt, es egal wie zu erreichen?«

»Oh, du gemeiner Moralist! Ich habe keins«, schleuderte ich ihm ins Gesicht, um ihm auf den Wecker zu gehen. Übrigens, übrigens ... Ich sage: »Wenn ich eins habe. Den Leuten auf den Wecker zu gehen.«

»Ach ja?« sagte er scherzhaft.

»Ja« – und die Zeit blieb stehen und der Raum weitete sich, mein Blick ging über Ari hinaus, über die Menschenmenge auf den Boulevards, über die Dächer, die ganze Stadt und den ganzen Planeten: mein Scherz lag mir wieder in der Hand wie ein schöner, recht schwerer und polierter Kieselstein. War das in Wahrheit nicht ein Ziel? Und ein sehr wichtiges? Das mehr als alles andere meinen tief, tief verwurzelten Wünschen entsprach, ich spürte es bis in mein Nervengeflecht. Wirklich das höchste. Sollte ich endlich meine wahre Berufung gefunden haben? Ich liebkoste zärtlich meinen Kieselstein, und ich stellte fest, daß die Kastanienbäume in Blüte standen. Ich sagte:

»Die Kastanienbäume stehen in Blüte«, und Ari sah sie. Die Kastanienbäume gehörten nicht zu dem Teil der Welt, dem man Scherereien machen mußte. Keine Pflanze, kein Tier gehörte dazu. Das blieb eigentlich auf die menschliche Natur beschränkt.

Alles, was mir fehlte, war das Wie. Ich beschloß, nicht darüber nachzudenken. Ich würde es auf mich zukommen lassen. Das wäre meine Doktorarbeit: warten, bis die Kieselsteine vom Himmel auf mich herabfallen. Oder aus der Hölle, ich habe keine Vorlieben.

Die Amsel sang im Jardin du Luxembourg. Die Abendglocke. Ich sah Venus kurz zwischen zwei Ästen und zeigte sie Ari. Er hatte von ihr gehört. Und zeigte sich zufrieden, daß es sie gab und sie in Reichweite unserer Wahrnehmung war. Solange ich noch in Fahrt war, spürte ich Jupiter für ihn auf. Er war schon sichtbar, oben rechts.

Ich hatte einen klaren Blick und ein weites Gesichtsfeld. Ich schritt kräftig aus, meiner sich gerade enthüllenden Zukunft entgegen.

Die Lösung sowohl für mein Moral- als auch mein Liebesproblem war: reich werden, und sie vorschriftsmäßig auslösen. Lucette. Ich würde wieder hingehen, gut, weil mein feiger Rückzieher mir zu schaffen machte. Aber nicht als ein von der Meute gestelltes Reh. Als Löwe. Und ich würde zu ihr sagen: wenn ich dich bezahle, könnten wir vielleicht ein Schwätzchen halten (denn ohne Schwätzchen läuft bei mir nichts). Dann geht es nicht von deiner Arbeitszeit ab.

Obgleich es das müßte,

als ich als Löwe zurückkam, war Momo nicht mehr da, und das Bistro auch nicht. Weder Lucette. Noch die Straße. An ihrer Stelle ein Loch, aber reden wir nicht über das, was dann dorthin kam, und wo man genau wie im Hotel Meurice wirklich nicht sehen konnte, wohinein man trat, weil man die Scheiße in den Augen hatte.

Wie dem auch immer gewesen sein mochte, das Prinzip war gut:

da alles Strich ist, finden wir uns damit ab – aber warum dann ganz unten anfangen? Nein. Man mußte ganz oben beginnen. Mit Panoramaaussicht und dem Aufspüren von Parklücken.

Ich würde mir keine »Arbeit suchen«, o nein.

Ich würde mich der Gnade Gottes anheimgeben. Dem meinen.

Ich hatte mit meiner Gottheit Kontakt aufgenommen.

»Ich habe Gott gefunden.«

»Scheiße«, sagte Ari. »Das ist bedenklich.«

»Nein, nein: den meinen.«

»Ach so. Wer ist es?«

»Der Zufall.«

»Wissenschaftlich müßte das hinhauen. Hast du die Absicht, eine Religion zu stiften?«

»Nein, wenn es eine Religion gibt, gibt es keinen Gott mehr.«

Aris Arm umschlang meine Schultern, und das gefiel mir. Gefühle für einen Jungen? Herr. Gewöhnlich waren die Gefühle für ein Mädchen, oder müßte ich Empfindungen sagen? Die Jungens, das war der Übungsplatz. Die Lehrzeit des Kampfes. Meine Universität, und ich lernte da mehr als in den Gebäuden, die dafür gemacht waren. Die Jungens und die Bibliotheken. Gefühle für einen Jungen, das war neu, es war mir, es sei denn, ich irre mich oder bin undankbar, seit meinem Onkel nicht mehr passiert.

»Und wer hat dir dein Gefäß zerbrochen?« fragte mich Ari, nachdem wir nicht ins Kino gegangen waren.

›Mein Papa‹ wäre eine köstliche Antwort gewesen. Auf der Bühne zum Beispiel. André Breton hätte das bewundert. Und Eluard erst, mit seinem »entsetzlichen Schlangennest der Blutsbande«. Aber trotz meiner gespaltenen Zunge, die einem schönen Geistesblitz nicht widerstehen kann, ist es nicht rausgekommen. Vielleicht, weil das Wort unpassend war? Ich bin immer für das Passende. In bezug auf Wörter. Versuchen wir es mit passend, ob es da besser geht, ich hatte es gerade in meinen Wortschatz eingebracht, und ich war nicht wenig stolz darauf. Ich ergriff die Gelegenheit, es hervorzuholen.

»Nicht zerbrochen. Profaniert.«

Dieser Semantiker runzelte die buschigen Brauen. Es machte mir Spaß, ihn mir vorzustellen, wie er herauszufinden suchte, welche Bedeutung dem Wort in diesem Zusammenhang zukam: hieß es Polizeiauto, zweispurige Autostraße? Fiasko?

Ich war ein Gipfel an Frivolität. Mit allen meinen glattgestrichenen Federn. Wie immer nach dieser Übung, die meinen Kopf klarmachte und nicht etwa ihn mich verlieren ließ, wie allgemein angenommen wird, mit all dem Überschwang und den Abschweifungen, die von denen wohlgefällig beschrieben werden, die sich schmeicheln, sie entfesselt zu haben, und von deren Wahrheit ich ganz und gar nicht überzeugt bin. Ich habe eine automatische Kontrolle. Die Macht der Gewohnheit.

Der Unterschied und die Überraschung, das war Ari: ihm ging völlig die Arroganz ab, er war nicht auf der Stelle mein Eigentümer geworden, ich empfand nicht das Bedürfnis, auf der Hut zu sein, meine Beine juckten mich nicht. Ich konnte dableiben, mich sogar an seine Haut schmiegen, die weder feucht noch ekelerregend weiß war wie die der meisten. Sogar im Bett mochte ich ihn, und das will viel heißen. Ausgelassen, zum Spiel bereit, wartete ich auf die nächste Antwort.

Er sagte:

»Was haben sie dir nur getan, du armes Kind?«

›Und er sah mich an – mit so zärtlichem Blick – Ich schlug die Augen nieder – mit einem Schauder‹,

sang mir Bilitis durch die Zeiten hindurch vor.

Ich zitterte tatsächlich. Und die Augen schlug ich auch

nieder, denn ich hatte etwas Feuchtes gespürt, das nicht heraus durfte, oder es kam zum Zusammenbruch und dann, und, und mein Bild, mein Markenzeichen? Ich meine, mein Stolz, ich meine, meine Kraft. Mein Leben! Ich, die ich mich aufrecht halte, ich, die ich noch lebe. Ich in Waffen. Ich, die ich nicht aufgebe.

Ich, die große Profanierte. Bis zum Kern.

Ach, ich hatte mich aufgegeben, für einen Augenblick, und das hatte ich jetzt davon. Darauf errichtete ich gegen die brackige Flut, die mich zu verschlingen drohte, die einzigen Verteidigungswälle, die ich kannte: den Raum.

Wenn weinen – draußen.

Ich riß mich von dieser gefährlichen Sanftheit los.

Als ich, eiligst wieder angezogen, an die Breitseite des Bettes trat, ragte Aris langer Arm heraus, an dessen Ende, zwischen zwei Fingern, etwas Rotes hing. Ein Hemd.

»Der vereinbarte Preis«, verkündete er. »Für das Stundenhotel.«

Ach so. Ach so, wenn das so ist.

Ich nahm das kleine Geschenk und die Tür.

Ich hatte meine Antwort bekommen.

Wir hatten beide gewonnen.

›Papa‹ auch. Er war davongekommen.

Die Zunge im Mund war immer noch gelähmt.

Wenn man bedenkt, daß ich ihn, in meinem Alter, minderjährig laut Etikett, meine Realität aber war bis auf die Knochen volljährig,

und schwatzhaft wie ich war,

und niemand mehr, der sich aus dem Fenster stürzen würde,

und frei, endlich frei, mein Gott frei, ich konnte sagen, was ich wollte!

immer noch überall mit mir herumschleppte, wirst du mich mein ganzes Leben lang verfolgen, sogar bis in die Betten hinein, Scheiße Papa!

Tot befahl er noch und frei, gehorchte ich.

Weshalb Ihre Tochter stumm ist

Heute gebrauche ich das anrührende Wort, aber damals brachte ich es nicht heraus, es hätte mir das Maul verbrannt. Meine ganze Kindheit hindurch bezeichnete ich die Person nur mit »er« und »der«. Was meine Mutter rasend machte, deren wiederholte Bemühungen, mich zu zwingen, ihn so zu nennen, wie es sich gehört, keine andere Wirkung hatten als die, mich in ein eigensinniges Schweigen zu stürzen, das man damals noch nicht autistisch nannte, was mich vor dem Krankenhaus bewahrte. Dem chronischen Verlauf entging ich durch Amnesie: beim Aufwachen vergaß ich, daß ich stumm war, und wenn ich mich dann wieder erinnerte, war es zu spät.

Ich brachte es nicht heraus und konnte es kaum denken. Bezüglich Umschreibungen, nichts Aufregendes (mein Erzeuger!) und bezüglich Synonyme keines, das über die liebevolle Ironie hinausging, aufgeweicht durch das ekelerregende Possessivpronomen (»mein« Alter).

Nach erfolgter Prüfung gibt es kein abschätziges Wort für diesen Vorhandenen. Sie sehen, wie weit sich die Sippschaft schützt. So gab es für das Fragliche keinen Platz in meiner Sprache.

Mir fehlte damals so ungeheuer der Abstand und der Raum für den Hohn, daß ich den Mund nicht aufbekam und mit der Rede nicht beginnen konnte, weil mir das erste Wort fehlte.

Mit dem Hohn geht es jetzt. Meinen Raum nimmt er völlig in Beschlag. Ich gehe nie ohne ihn aus dem Haus. Er ist meine zweite Natur. Daraus folgt, daß das Mißverständnis unter meinen Schritten hervorschießt wie Pfifferlinge nach dem Regen. Ach, was soll's. Wie es der liebe Willie Lamothe auf Plakaten verkündete.

Lieber sterbe ich unverstanden
als mein Leben damit verbringen, mich zu erklären.

Krake

Ich dröhnte mit meinen Reiterstiefeln, die der Zufall mir gerade mit Zukunftsverheißungen beschert hatte, über den Bürgersteig: diese Stiefel werden nicht ohne Pferde auskommen, sagte ich mir, und in der Tat bekam ich eins. Aber das hat mich nicht besänftigt. Die Wut darüber, daß ich durch meine Dummheit Ari verloren habe, läßt mich nicht los.

Ich glaube eben an Gespenster. Und sie sind nicht draußen, sie sind drinnen. Der Alte, der meinige, versteckt sich bei mir. Geschützt. Von mir beschützt! Genießt posthume Immunität durch eingebautes Dämpfersystem, mit universellem, fernbedientem Geheimpatent durch Zeit, Raum und Komplizenschaft hindurch.

Ich konnte ihm besser Widerstand leisten, als ich ihn vor mir hatte.

Kein Lächeln für ihn, keine Geschenke, nichts, ich vergesse seinen Namenstag, seinen Geburtstag, guten Tag, guten Abend, Weihnachten und Neujahr, man muß mich an alles erinnern: das ist meine »Undankbarkeit«. Vor den obligatorischen Daten gibt sie mir etwas Geld, ich komme mit einer gepunkteten Fliege zurück oder einer anderen Glanzleistung auf dem Gebiet der Häßlichkeit, ach, ich äußere mich, verflixt und zugenäht, ich lasse keine Gelegenheit aus. Beim ordnungsgemäßen Kuß entziehe ich mich bis in die Haare hinein, im Gesicht bin ich verletzbarer als sonstwo: es sieht so aus, als sei ich da nicht profaniert. Er hat es nicht benutzt.

»Du hast kein Herz«, übersetzt sie, während das besagte Herz, um bei den Innereien zu bleiben, blutet. Wegen ihrer Blindheit. Wegen der Einsamkeit, der sie mich überläßt.

Meine Mutter ist es, die mir Schmerz verursacht.

»Kannst du deinem Vater nicht ins Gesicht sehen, wenn er das Wort an dich richtet?«

Auf Befehl hebe ich den Kopf. Ich drücke ihm meinen Blick auf. Nicht haßerfüllt, nein, nicht einmal das. Undurchsichtig. Blaugrün. Die Krake in ihrem Aquarium, ich habe das einmal gesehen, das hat mir gefallen.

Und jetzt lauf da durch, Alter.

Er läuft durch.

Diesen Blick, den hab ich von ihm. Es ist nicht genetisch. Er hat ihn mir als Erbe hinterlassen. Ich bewahre ihn an einem kühlen Ort auf. Ich hole ihn bei Bedarf heraus.

An den Löwen habe ich ihn noch nicht ausprobiert. Ich bin nicht sicher, ob ich dazu in der Lage wäre, falls mein Leben davon abhinge. Sie verdienen das nicht. Ebensowenig wie die andern Säugetiere Vögel Schlangen Fische Frösche Spinnen und Gefolge. Und nicht einmal die unglücklichen Hunde, die einen so schlechten Ruf haben. Aber bei den Menschenähnlichen wirkt es Wunder: wenn sie nicht fortrennen wie Mäuse, laufen sie herbei wie die Hühner zum Korn. Er ist die Ursache für den Ruf, in dem ich, irrtümlicherweise, manchmal stand, den ich aber dann und wann bestätigte, wenn mir die Gelegenheit günstig schien, auf dem Weg zu den Gipfeln, nach denen ich strebte und von denen herab ich meine höchste Berufung ins Werk setzen könnte.

Krake und Languste

Wie jede Gottheit stellt auch der Zufall seine Forderungen. Er braucht Ergebenheit. Ergebenheit gegenüber dem Zufall heißt da sein. Zur Verfügung stehen. Ununterbrochen. Alle Sinne in Stellung, die fünf bekannten und die von unserer gebrechlichen Welt nicht anerkannten. So daß man ihn nicht verpaßt, wenn er die Güte hat, sich blicken zu lassen. Wie alle Gläubigen sagen, woran sie auch immer glauben mögen: wachet und betet, denn ihr kennt weder den Tag noch die Stunde.

Ein Fulltimejob. Weder einfach noch ohne Gefahren. Durch die verschiedenen Verwandlungen hindurch, über die der Zufall verfügt, hatte ich meinen Geist auf diese Askese gerichtet. Ich fand ihn eines Abends gebrauchsfertig, als ich im Café Flor vor einem Milchkaffee saß, der den Hauptteil meines Abendessens bilden sollte. Als ich durch meine Erinnerungen wanderte, stand auf einmal ein Mensch von wohlhabendem Aussehen vor meinem Tisch und sagte: »Sie haben einen wunderbaren Blick.« Es war die Krake, die ich in der Vergangenheit aufgelesen hatte und die bis hierher gelangt war. Ich war geistesgegenwärtig: ich behielt die Pose bei.

»Ich würde es selbstverständlich nicht wagen, mich neben Sie zu setzen ...«

Krake. Er blieb stehen.

»Aber äußern Sie einen Wunsch.«

Seine bescheidene Haltung konnte nicht täuschen. Dieser Gattung war ich bei meiner fortgeschrittenen Kindheitslektüre begegnet, und ich erkannte sie sofort, es ist so ziemlich das gleiche Modell.

»Abendessen.«

Das war bescheiden. Aber vordringlich. Helfen wir

dem Dringendsten ab. Trotzdem verbot ich, daß mein armseliger Verzehr beglichen wurde: auf das Niveau sollte von Anfang an hingewiesen werden, es kam nicht in Frage, als Kleinverdiener zu starten.

Von da, von diesem »Xavier« – dessen richtiger und, wie ich später entdeckte, höchst anfälliger Name, mit anderen seiner Kollegen von ebenfalls empfindlichem Ruf, dem sündigen Gewerbe diente, das ich eine Zeitlang ausübte, um mir für meine Anfänge in der Welt das notwendige Kapital zu verschaffen – von diesem Xavier (der mich wiederum nur unter einem Decknamen kannte, denn Krieg herrschte damals) hatte ich unter anderen Geschenken, als Teil des dazugehörenden Rituals, diese prächtigen Reitstiefel bekommen, die so schön auf dem Bürgersteig dröhnten. Er hob meinen Fuß in den Steigbügel, besser vermöchte ich es nicht zu sagen, da er mich auch aufs Pferd hob. Na ja. Das Glück ist ein im reifen Alter verwirklichter Kindertraum.

An diesem ersten Abend, unterwegs zu den Langusten, ließ er Blicke des Bedauerns zu erleuchteten, eleganten, um diese Zeit aber vergitterten Schaufenstern schweifen; dann zu mir: nahm er Maß? Ich achtete darauf, mir nichts anmerken zu lassen, ich war eigentlich ziemlich begabt, außerdem hatte ich Hunger. Es fehlte nicht viel, und das im Mund zusammengelaufene Wasser wäre auf die Tische getropft, die durch das Restaurant geschoben wurden, in das er mich geführt hatte und dessen Oberkellner auf uns zueilte, mit jenem Leuchten im Gesicht, das dem hohen Gast galt, dann aber, nachdem er mich gemustert hatte, wie eine Kerze erlosch. Mein Schlepper verstärkte sein herrisches Gehabe, und nachdem die Schmach geschluckt war, wurden wir zu einem Tisch geleitet, der tatsächlich nicht allzusehr im Blickfeld lag: an diesen höheren Ort, an dem er mich trotz oder wegen der Demütigung, die er darum einstecken mußte, zu ehren gedachte, gelangte meine Aufmachung nur durch einen Gewaltakt.

Ich trug Aris Hemd.

Rot, aus feinem Flanell, warm, leicht, Flausch, einfach Flausch. Wahrscheinlich sein schönstes: mein Moralist hatte sich nicht lumpen lassen für die Nummer. Es ging mir bis an die Knie, die Ärmel endlos hochgekrempelt, völlig formlos und außerhalb jeder Mode. Überall fehl am Platz. Und nicht sehr frisch, denn ich zog es nicht aus.

Ich würde es erst dann ausziehen, wenn ich meinen Augiasstall ausgemistet hätte – meinen Schweinestall, um es genauer zu sagen. Es war mein Nessusgewand. Mit großen Schritten ging ich über den Boulevard der Intelligentsia, betrachtete die Schaufenster der Buchhandlungen und träumte von einem Tag, an dem ich seinen Namen auf einem Buchumschlag sehen und ihm schreiben würde, über seinen Verleger, da ich eine andere Adresse nicht mehr hatte (er hatte in seinem alten Hotel keine hinterlassen): »Jetzt kann ich dir sagen, wer mich profaniert hat.« Weil mir der eigentliche Sinn, den er dem scheußlichen Wort unterlegt hatte, endlich klar geworden war, ebenso wie mein Elend und das ganze brüderliche Mitleid seiner »Antwort«, der ich dann in den *Lehr- und Wanderjahren Wilhelm Meisters* wiederbegegnet bin. Ich hörte meine Schallplatte mit den *Liedern der Bilitis* immer wieder und sang mir selber »Das Haar« vor, indem ich versuchte, die letzte pervers atonale Note zu erwischen, Schau*der*, schaudernd, und jedesmal in diesen Augenblick hinabtauchend, in diesen bittersüßen Tropfen, in diesen Augenblick, in den zu fallen ich mich geweigert hatte. Es gab, in dieser Musik bewahrt, es gab da diese Minuten, in denen ich einen Mann geliebt hatte. Diese Minuten da, Bilitis.

Ich leistete mir eine retroaktive Leidenschaft.

Oh, wie langsam ist doch das Bewußtsein!

Ich hatte mir geschworen, eines Tages die Fähigkeit zu besitzen, das Schweigen zu brechen, und das erste, was ich dann tun würde, ja, das erste, das wäre Ari finden und ihm die Ehre, ja, die Ehre einer Antwort erweisen.

Aber als ich nach all diesen Jahren von dort zurückkam, wohin ich im Gepäck des armen Ben geflohen war, war Ari nicht mehr da, war Ari in Rauch aufgegangen, und diesmal endgültig, ja, ich sank zu Boden.

Schließlich hat er als erster gesprochen.

»Ängstigen Sie sich nicht, so fängt es oft an.«

»Aber das ist ja mein Problem, daß ich nicht darüber sprechen kann, man muß es mir entreißen, deshalb bin ich ja da.«

»Sprechen Sie von etwas anderem, von irgend etwas.«

Irgend etwas, darin bin ich gewöhnlich nicht schlecht. In Ermangelung eines Besseren improvisierte ich für ihn in aller Eile einen idiotischen Albtraum von einem Makker, der mich mit ausgestreckten Händen verfolgte, ich hatte nichts, wo ich mich verstecken konnte, und außerdem nichts auf der Haut. Unten, stelle ich klar.

»Wünschten Sie, daß er Sie fängt«, sagte er und ließ das Fragezeichen weg.

»Aber mein Gott, er tat es!«

». . .«

». . .«

»Sie wissen genau, wen dieser Mann darstellt.«

»Gewiß doch, übrigens ist es kein Traum, ich habe ihn erfunden.«

»Traum, Träumerei . . . die Wahnvorstellung ist immer der Ausdruck eines Wunsches.«

»Ach? Und ein Wunsch von wem?«

»Von Ihnen selbst natürlich.«

Ich erlaubte mir, ihn anzuschauen.

Scheiße, »er« hatte es mir ja gesagt, daß man mir nicht glauben würde.

Alle unter einer Decke.

»Was zählt, ist nur, wie Sie diese Liebe erlebt haben . . .«

Liebe! Bei diesem Zauberwort sprang ich vom Sofa.

»Gerade die Heftigkeit Ihrer Reaktion...«

Ich war schon weit weg. Ohne zu zahlen Tür zugeschlagen und ab im Laufschritt, zum Glück war es nach dem Krankenhaus, drinnen hätten sie mich wieder in den Würgegriff genommen und zu den Gewalttätigen gesteckt. An diesem Tag schlug ich meinen Zweitausendmeterrekord. Fand mich wie durch ein Wunder vor meinem alten Gymnasium wieder. Eine Fehlleistung, aber eine charmante. Mit einem großen Verlangen, an der Tür zu klingeln. Hineinzugehen. Innerhalb der Wände zu sein. Der Kerl hätte gesagt: der Mutterleib. Und der väterliche Anti-Unterleib, was machen Sie mit dem?

Wie weit war es mit mir gekommen, daß ich bei dieser hartnäckigen Kindesliebe landete, dabei hatte ich doch Papa Freud gelesen! Aber als ich in meinem niedergeschlagenen Zustand dem netten Assistenzarzt zuhörte, war ich auf die im Grunde vernünftige Idee gekommen, daß es mir, da man dort zum Reden hinging und dafür bezahlte, gelingen würde, wenn ich mich die Sache was kosten ließe – und ich hatte mir in Anbetracht der schweren Lähmung einen sehr teueren ausgesucht –, diese Lähmung loszuwerden und dazu den ganzen Packen, den das Nichtwiedergutzumachende an die Oberfläche geschwemmt hatte und das mich tödlich erstickte. Atemnot. »Hysterischen« Ursprungs. Und wie! Mußte ich doch um mein Leben laufen, ich kam wieder zu Atem, bevor ich Zeit gehabt hatte, daran zu denken, ich war geheilt. Wenigstens vom Symptom. Sicherlich die schnellste erfolgreiche Analyse in den Annalen.

Von meinem alten Gymnasium aus waren es nur ein paar Schritte bis zu meinem alten Friedhof: Dort konnte ich auf Vallejo sitzen (»Laßt mich sterben, wenn ihr wollt, aber laßt mich – wach vom Schlaf«), alle meine

Lieben auf einen Schlag beweinen. Vor den Blicken der mitleidigen Passanten. Im Mißverständnis.

Mein geliebtes Heil in der Flucht.

Weg von zu Hause und Tür zugeschlagen (»Schlag die Tür nicht zu, wie oft muß man dir das noch ...«), ich schoß empor ins Freie – ins Freie! Ich stürmte durch die Straßen, zwischen den Autos hindurch, ich spielte mit den Autos, die brüllten wie eine Herde Büffel, ein herrliches Spiel, mit Risiken, wie es bei einem Spiel sein soll, und bei der Ankunft fiel ich über jeden sichtbaren Feind her, einschließlich der Jungens, sie sogar vor allem, ich haßte die Jungens, sie sind dumm. Nein, ich beneidete sie. Und nicht wegen dem, was sie mehr haben, stellen Sie sich mal vor. Wegen dem, was sie weniger haben: sie waren vor dem geschützt, was mir zustieß. Glaubte ich. Draußen konnte auch ich ein Junge sein, ich konnte kämpfen und mich wehren (paradoxerweise die väterlichen Lektionen), ich war ihnen ebenbürtig und sogar ähnlich, nachdem ich mir die Haare mit der Schere gestutzt hatte – ach, dieses Theater! »Das einzige an dir, das einigermaßen hübsch war« (meine Mutter, immer darauf aus, meiner Eitelkeit Nahrung zu geben), und er: »Was suchst du denn, willst du dich abstoßend machen?« Es war umsonst, mit diesem Teil hatte er nichts zu schaffen, ich hätte genausogut kahl sein können.

Dort, womit er zu tun hatte, fing ich an, nicht mehr ganz so kahl zu sein. Was bei mir nicht ohne Ekel abging.

Andererseits, paradox, war ich unter der Meßlatte der dreitausend abzuklopfenden Tage hindurchgegangen.

Die Zeit arbeitete für mich.

Ich bin launisch.

Nein, heute nicht.

»Sag mal, wegen der Migränen, die ganze Wochen dauern, da habe ich mit deiner Mutter schon genug.«

Dieser Gentleman hatte mich vor langer Zeit bereits davon unterrichtet, daß »sie das nicht mochte«.

War also gezwungen, der Unglückliche, anderswo zu suchen, »ein Mann ist schwach«. Wie es bei Babette unter den betrogenen Frauen hieß, »so ein Mannsbild hat Bedürfnisse, das kann nicht widerstehen, man muß Verständnis haben«. Und ich war das Reserverad, Rivalin meiner Mutter. Zur Favoritin befördert, wenn ich zufriedenstelle, teile und herrsche.

Das Angebot, im Harem aufzusteigen, wußte ich nicht zu würdigen. Ich fühlte mich nicht geehrt durch seine freundlichen Vertraulichkeiten: ich schämte mich, sie gehört zu haben. Das hatte meine Ohren beschmutzt.

Er mußte verrückt sein, wenn er damit meine Komplizenschaft gegen meine Mutter suchte. Er sah wirklich nichts.

Sie leider auch nicht.

Ich wohne in einer Welt von Blinden.

Und ich würde nicht Ehefrau und Mutter werden, das schwor ich mir: ich hätte zu große Angst gehabt, einer Tochter einen Vater zu geben.

Wenn man ihm Glauben schenken durfte (aber kann man einem Lügner glauben?), war das Risiko groß: »Eine in den Familien übliche Praxis«.

Dabei sehe ich um mich herum keine Zeichen.

Aber ich zeigte eigentlich auch keine.

Wer welche gesucht hätte, hätte nicht mehr gefunden als ich.

Ich konnte genausogut mutmaßen, daß wir eine Menge waren.

Eine Menge, in der jeder allein ist.

Und niemand, der als erster den Finger heben kann.

Ich spiele an der Leine ziehen.

Nur so, um zu sehen. Bis wohin.

Ich werde immer experimenteller. Mir wächst Boshaftigkeit.

Schwanz, Hörner und Pferdefuß.

Ich verlor wirklich die Unschuld.

Und das Komische ist, ich hatte immer noch welche zu verlieren.

Der Krieg wütet, es regnet Entbehrungen, das mütterliche Lächeln trägt Halbmast. Zu Weihnachten keine Geschenke – umso besser, dann brauche ich nicht Dankeschön zu sagen.

Nichts als eine strenge, schwarze Bibel. Ich schlage sie aufs Geratewohl auf und finde: »Junger Mann, genieße in deiner Jugend, überlasse dein Herz in den Tagen der Jugend der Freude«, sagt sie mir. »Bevor die schlechten Tage kommen und du sagen wirst: ›Es macht mir keinen Spaß mehr‹« (das wird man sehen). Ich notiere: alles ist zweischneidig, man muß nur die richtige Schneide finden.

Die Austern werden sie auswärts in Gesellschaft fressen – und mich so mit Einsamkeit beglücken. Das Klavier, das am Abend zugeklappt bleibt (auf Klagen der Nachbarn hin, wie es scheint), läßt sich mit einem Dietrich öffnen, es sind armselige Schlösser: wenn ich mal groß bin, werde ich Einbrecherin, vierte Berufung. Kein Taschengeld mehr – wenn's weiter nichts ist, ich entdecke den Diebstahl. Diese Leute sind richtige Zum-Verbrechen-Treiber. Ich hatte das noch nicht getan, o meine heilige Mutter! Ich fand es toll, ein Eisen mehr für meine Zukunft. Die am Ende des Tunnels leuchtet (zweitausendachthundertachtzig Tage) wie der Stern der Hirten über Bethlehem. Ich bin über jeden Verdacht erhaben: ich habe einen makellosen Ruf im Viertel, und schöne Reste von Engelhaftigkeit im Gesicht.

Ich habe noch nicht das Aussehen eines Taugenichts.

Er wächst zärtlich im Innern.

Meine Treibhausblüte.

Mein Panzer, mein Schild.

Mein Verteidiger. Mein Ritter.

Ich werde ein Lump ohne Glauben und ohne Gesetz sein, außer meinem eigenen, eine Räuberin, die Krallen zeigt; auf ihrem Weg Unordnung sät, eine, die alles anfängt und nichts zu Ende führt und völlig verrückt ist, mein armes Kind, und eine schiefe und hinkende Poetin, die aller Welt auf den Wecker geht.

Und die keine menschliche Natur produziert.

VI

Ich werde arm wie Hiob (ich habe jetzt höchste Referenzen). Der Ewige hat mal wieder genommen. Gegeben genommen gegeben genommen genommen genommen. Und von wegen: sein Name sei geheiligt, da soll Er bloß nicht damit rechnen, der Sack.

Oder etwa doch? Denn während ich ihn laut und im entsprechenden Ton verfluche, »Vergehen soll der Tag, an dem ich geboren wurde! Und die Nacht, die sagt: ein männliches Kind ist gezeugt worden«, und erst das weibliche! füge ich von meinem eigenen Most hinzu und komme gleich zu meiner persönlichen Hiobin, die, was das Elend angeht, auch nicht von schlechten Eltern ist, ich entdecke eine neue Berufung für mich: auf meinem gewundenen Weg habe ich das Theater des Lebens entdeckt.

Ich bin nicht mehr ich. Ich bin die anderen. Nicht mehr ich, was für eine Erholung. Ich bin wirklich gut. Ich werde einmal Schauspielerin werden.

Und sie wissen nicht, daß sie hier nicht mich vor sich haben! Ich stehe daneben, ich mache die Inszenierung. Und sie wissen nicht, wen sie haben! Von was für illustren Gästen sie besucht werden, von Königen Piraten Propheten, Don Quichotte Rotfuchs, Hamlet (var. »To kill or not to kill«), Peau d'âne Violette Nozière Kassandra, Hexen, die alles verhexen (und das klappt: es kommen jede Menge Schwierigkeiten, für den Anfang sind wir ruiniert). Sie nennen diese Helden »meine Stimmungswechsel« und »Du bist völlig verrückt, mein armes Mädchen.«

Ich täusche sie!

Mein Meisterwerk war der Idiot: hängende Unterlippe und leerer Blick, einstudiert vor dem Spiegel, ungeschickt, vergißt alles, bringt die Bestellungen durcheinander, verbringt Stunden mit den Hausaufgaben, macht ihrer Mama Sorgen (ist das prophezeite dumme Alter gekommen?), und dazu noch halb taub, hört nicht, wenn man (»er«) ruft.

Er kommt, um mich aufzuscheuchen.

(Natürlich ohne anzuklopfen, dieser Gedanke ist ihnen nie gekommen, meine Tür muß offen bleiben, und an eine geöffnete Tür klopft man nicht. Ich mache sie zu, sie wird wieder aufgemacht und so weiter, so kommt Bewegung ins Haus.)

Ich, beklagenswert: Ich komme mit meinen Rechenaufgaben nicht zu Rande, und hinterher habe ich noch einen Aufsatz für morgen, verstehst du . . .

Er versteht nicht, nein. Er stampft mit den Füßen auf. Er versteht nur eins.

Ich fresse die mir ins Gesicht geschriebenen Sorgen in mich hinein, ich bin düster. Wie liebte ich diese Rechenaufgaben. Und diesen beschissenen Aufsatz (»Wie groß war meine Langeweile in diesem verlassenen Orient«, kommentieren sie. Die sind wirklich besoffen). Sogar die Geschichte, dieses abgedroschene Fach, eigentlich alles. Nur ihn nicht. Und daß er das nicht vergißt, mein Gott!

Aber um meine Seelenzustände schert er sich so wenig wie die Bäuerin aus den Landes um ihre Gans, die sie nudelt.

Onkel Paul fängt im letzten Augenblick das Tablett auf, das mir mit allem drauf aus den Händen fällt. In einer anderen Familie könnte das lustig sein.

»Danke deinem Onkel«, befielt er mir knapp. Paul lacht. Meine Mutter:

»Sie macht im Augenblick alles kaputt, ich weiß nicht, was sie hat. Gestern die Ming-Vase.«

»Ming?« ruft der jüngere Bruder erstaunt, der vom Fach ist und sich auskennt. Sollte der Ältere wieder einmal Talmi für ein kostbares Geschenk ausgegeben haben? Solche Geschichten habe ich bei Eheszenen gehört. »Das würde sich doch lohnen, sie zusammenzuflikken, wo sind denn die Stücke?« fragte Paul weiter.

»Weggeworfen.«

»Eine Ming-Vase??«

»Sie war in hunderttausend Stücken.«

»Gar nicht wahr ...« Das ist mein bescheidener Beitrag, »ich weiß, daß es nicht stimmt, ich war dabei. Ich habe vier schöne Scherben gemacht.« Meine Mutter sieht zuerst den einen, dann den andern Bruder an. Der Zweifel ist gesät. Ich fühle mich wohl und fege dabei das letzte stehengebliebene Glas herunter, Paul bricht in Gelächter aus, ich setze mein dümmstes Gesicht auf, und meine Mutter traut sich nicht zu rufen »Mein Kristallservice«. Der Zweifel.

Der Idiot hat das Recht kaputtzumachen, vor allem häßliche Sachen. Ich ziele gut. Ich fühle mich wohl bei ihm, er ist mein Kumpel. Für die Idiotie bin ich verdammt begabt.

Ach, nur zu gut! Ich fühle mich so wohl, so behaglich, im warmen Wasser schwimmend. ›Komm da raus‹, ruft die Stimme, und es ist, als versuchte man ein gefallenes Pferd mit der Peitsche hochzujagen, ich bin kraftlos, mutlos. Sogar lustlos.

Kurzum, mein einziger Verbündeter, mein Kopf, und das mache ich mit ihm: weg damit. Vielleicht verbraucht sich so was, wenn man es nicht benutzt, wie die Batterien, aber was soll man tun, wenns leergebrannt ist? Wenn der Kopf seine Würze verliert, womit gibt man sie ihm zurück?

Lauwarmes Wasser – Schlammbad ja, Schlick, Treibsand, Hilfe, hierher zu mir!

Wer zu mir?

Ich zu mir, wer sonst? Gott?

Ich schlage meine verfluchte Bibel aufs Geratewohl auf. Die Sprüche Salomo: »Wem ein tugendsames Weib bescheret ist? . . .«

O Scheiße. Wenn der da sich auch noch einmischt.

Ich glaube, daß ich langsam die Nase voll habe.

Ich rege mich auf.

»Nein, laß mich zuerst meine Aufgaben machen!«

»Was?« Er streckt seine große Faust aus. Ich flüchte hinter meinen Stuhl, das ist alles, was ich habe.

»Nein, nein und nochmal nein! Ich mache zuerst meine Aufgaben, dann komme ich!« brülle ich.

»Ich warte«, sagt er und bleibt wie ein Arschloch im Schlafanzug stehen.

»Nicht hier! Ich kann nichts machen, wenn du hier bist!«

»Mal wieder hysterisch. Gut.« Sagt er. Tritt mit zwei Schritten den Rückzug an. Ich mache ihm die Tür vor der Nase zu. Betrachte diese Tür: warum bin ich nie auf die Idee gekommen, einen Riegel anzubringen?

Er macht sie wieder auf. Lächelnd. Beruhigt: zuerst den Nutzeffekt. Es ist nicht jeden Tag Donnerstag (und damit schulfrei).

»Los, komm. Hinterher kannst du um so besser arbeiten«, sagt er mit bischöflicher Gesalbtheit.

Eine ziemlich gelungene Niederlage.

Angesichts des Riegels (dürftig, ich habe keinen großen stibitzen können) verkündet er, daß er die Tür eintreten wird, und macht sich unverzüglich daran, oh, es wird nicht lange dauern. Dann hab ich's aber, ohne Tür, ich bin doch blöd. Er ist mit einem Schraubenzieher bewaffnet.

Niederlage Nr. zwei.

Stärke ist nicht mein Fall.

Meine Mutter (sie läßt dabei den besiegten und verpfiffenen Riegel in der hohlen Hand hüpfen): »Was hast du denn so Häßliches zu verbergen, daß du dich einschließen mußt?«

Ich (wutentbrannt): »Ich will nur in Ruhe arbeiten können!«

Er (bischöflich und mir zuvorkommend): »Sind wir es, die dich stören?«

Ich, Schweigen, ja.

Sie, schüttelt einen ungeliebten Kopf und in die gleiche Kerbe.

Er (nimmt wieder den Riegel an sich und läßt ihn von ganz oben herab in den Mülleimer fallen): »Kapiert?«

Verstanden. Niederlage Nr. drei.

Trotzdem war es ein rühmlicher Streit, er hatte meine Neuronen durcheinandergeschüttelt, in Ermangelung eines Besseren. Hatte dieses wilde Tier aufgeweckt, das tief versteckt in mir schlummerte: den heftigen Haß. Meinen Motor. Wenn euer Kopf seine Würze verliert, versucht doch mal das. Die Sprüche Salomos erschienen mir in einem anderen Licht, und das tugendsame Weib schenkte mir ein Mona-Lisa-Lächeln.

»Sie ist viel edler denn die köstlichsten Perlen ... Sie ist wie ein Kaufmannsschiff«, dieses Kaufmannsschiff entzückte mich mit seinem geheimnisvoll purpur ausgekleideten Haus, das den Schnee nicht fürchtet und dessen Leuchte des Nachts nicht erlischt – ach ja, endlich seine Ruhe haben, wenn sie alle in der Falle liegen! Das stammt von mir, die ich von A bis Z mein Tagebuch erfinde, so etwas wie ein Heiligenleben, unbestimmtes Geschlecht und sicherlich Waisenkind, denn man sieht hier nicht einmal eine Andeutung von Eltern. Mit Rätseln, erhabenen Gedanken, eingestreuten Visionen und so vollgestopft mit Albernheiten, daß ich in meiner kameradschaftlichen Nacht ganz allein darüber lachen muß.

Als ich auf die *Bretonische Folklore* von Raymond Roussel stieß, erinnerte ich mich an dieses meinige Tagebuch: wer weiß, ob es nicht ein Meisterwerk vom gleichen Kaliber war? Leider ist es in den Müllschlucker gewandert.

Ich schrieb darin: Man muß Geduld haben mit Gott. Er hat Spätzündung. Und ist zweischneidig.

Ich schuf das Theater der Vollkommenheit.

Wem ist ein tugendsames Weib beschert? (Aha, aha) Und was kann man dagegen tun?

»Sie gürtet ihre Lenden fest.« Rechtzeitig bereit, blitzblank, kein Genörgel, ausgesuchte Höflichkeit, tadelloser Service, ich würde Beifall verdienen. Selbstverständlich sind sie es, die ihn entgegennehmen. »Deine Tochter ist aber auf einmal gut erzogen«, sagte Tante Gina. »Es wird auch Zeit, daß sie damit anfängt«, ist die mütterliche Antwort, »ich habe mir genug Mühe mit ihr gegeben«, und Paul begrüßt den Einklang von Käse und Wein. »Das ist sicherlich ein Versehen«, sagt der Hausherr, der immer nur Gipsstücke auf seinem Tisch gesehen hat, mit süßlichem Rotwein noch ungenießbarer gemacht: als Erbin von Babette kann ich, für die Schweine, genausogut auch scheußlichen Mörtel zusammenrühren und setze meine Ehre darein, daß er schlecht zu essen bekommt. Aber das tugendsame Weib »bringet seine Nahrung von ferne«, und seinen Käse und seine Melonen.

Was kann man gegen die Vollkommenheit tun? Er findet: sie mißbrauchen. Und erniedrigt mich prompt zur Sklavin. Pantoffeln Zeitung Aschenbecher, und bitte sauber, macht sich ein Vergnügen daraus, mich zu stören, um sich das Glas fast in die Hand geben zu lassen, und hast du meine Schuhe gewichst, und es fehlt nicht viel, daß er sagt: Hast du meine Schuhe geleckt. Papapascha. Und meine Mutter protestiert nicht, sollte sie das normal finden? Die Tante übrigens auch nicht, Scheiße, diese Weiber. Mägderasse, Onkel Paul will an meiner Stelle das Eis machen, wird wieder zurückgepfiffen: »Das ist nicht deine Arbeit.« Er gibt keine Antwort. Vor dem Älteren zog Paul eher den Schwanz ein.

Später sagte er mir: »Was habe ich von dem Dresche bezogen, als wir Kinder waren.« Es scheint, daß wir eines gemein hatten: keine Liebe für denselben.

»Und was tut das tugendsame Weib am Ort des Verbrechens?« ›Streckt sie ihre Hand nach dem Rocken aus?‹ ›Und ihre Finger fassen die Spindel?‹ wie es im Buch heißt, die Sprüche Salomos, 31,19, von unten betrachtet, ist das Buch verdammt schweinisch, und ich schätze, daß das arme Wurm, in seiner Kindheit, noch an den Quellen des Patriarchats, womöglich das Recht der ersten Nacht über sich ergehen lassen mußte, wer weiß, ob es nicht das ist, was es zur Tugend getrieben hat. Mit eiserner Faust.

Kein böser Wille. Im übrigen wird Beistand nicht verlangt.

Die Vollkommenheit, das ist der Gehorsam in Würde.

Die Pflicht. Begleitet von der innewohnenden Langeweile und einer geschmackvollen Diskretion bei ihrer Erfüllung.

Nun, hatte beim Gegner nicht die Begeisterung nachgelassen? Die Pflicht, etwa zu den Hausaufgaben, das amüsiert ihn überhaupt nicht. Irgend etwas fehlt beim Schmaus.

Der Sieg ist errungen. Aber ein wenig fade.

Der Versuch, den er unternahm, mich auch da in die totale Sklaverei zu zwingen, war ohne Zukunft: da es sich als zu riskant erwies. Alles, was er als Zusatzprogramm einzuführen versuchte, setzte ihn nur der Gefahr aus, Schwäche zu zeigen. Er kehrte zu seiner alten Routine zurück.

Ich fragte mich, wie weit seine Begeisterung durch eine ziemlich lange Geduld gedämpft werden könnte.

Gleichzeitig hegte er eine dumpfe, beunruhigende Wut.

Welche Niederlage wird ihn dahinraffen?

O Gott, der Du alles siehst, gib mir die Kraft, damit es mir gelingt, die Härte des Schicksals zu brechen!

Eine böse Freude steigt in mir hoch bei der Hoffnung, ihn zunichte zu machen.

Sollte das tugendsame Weib eine heimliche Sadistin sein?

»Wie geht's?« fragt mein Onkel, als ich ihm die Tür aufmache. Die Tür aufmachen ist meine Arbeit. Der Gebieter hebt seinen Arsch nicht, und die Frauen sind dort hinten miteinander beschäftigt, das heißt: Ankleiden und Geplapper. Ich bin nicht beschäftigt, ich habe Dienst.

»Wie geht's?« fragt Paul und sieht mich an, als ob ihm wirklich an meiner Antwort gelegen sei. Darauf sehe ich ihn ebenfalls an und gebe sie ihm, mit allem Gewicht:

»Schlecht!«

Ein großes Geständnis. Mein erstes. Was für ein Mut! Zwei Sekunden ohne Maske, und dann kommen die laut lärmenden Frauen zum mondänen Empfang und mit abendlicher Eleganz: wenn meine Mutter mit Gina zusammen ist, wird sie eine Frau, das ist ansteckend.

»Gehen wir sofort oder trinken wir noch einen kleinen Aperitif?«

»Einen kleinen Aperitif, ich muß erst mal Atem schöpfen«, sagt Paul, der mitgenommen aussieht und sich in einen Sessel fallen läßt.

Ich würde auch gern ein wenig verschnaufen. Dieses Gespräch hat mich erschöpft.

»Bring das Nötige«, befiehlt mir der Gebieter und schon bin ich wieder daheim, will sagen bei ihnen, Flaschen, Gläser, Kartoffelchips. Und Eis. Fehlt nichts?

»Und den Sprudel? Hast du den vergessen?«

Geduld. Wenn diese Saufbolde dann ihre drei bis vier gekippt haben und die Tür hinter ihnen zu ist, geht mit Gott aber geht, werde ich mich ebenfalls in den Sessel fallen lassen, werde wieder Atem schöpfen. Ich werde mir ebenfalls ein Glas genehmigen: etwas von allem, damit man nichts merkt, gut gemischt, ich bin schon auf dem Weg zu meiner künftigen Trunksucht. Ich werde mein Klavier aufbrechen, und bis zehn Uhr herrscht das

Glück. Oder ich werde Chopin tanzen oder ich werde meine Seeräuberbraut singen oder was ich will. Geliebte Einsamkeit! Ich werde verschlüsselte Geheimnisse in mein Tagebuch schreiben. Heute abend: »Wie geht's? – Schlecht.«

Das nennt man Dialog!

Ich fand das Stück nicht unbedingt lustig. Aber ich behielt es auf dem Spielplan: es faszinierte mich. Mit seinem wackligen Gerüst nie gleichzeitig geöffneter Schubladen, von denen keine weiß, was in den andern ist. Und mit dieser Landkarte des Zärtlichen, die nur ein Dreckhaufen ist und wo jedermann Hypokrit heißen müßte. Hypokrit 1, Hypokrit 2, Hypokrit 3.

Am Ende werde ich wohl eher Theaterautorin als Schauspielerin werden. Ich sah schon, ganz weit hinten im Bühnenbild, diese immer wieder geschlossene Tür, hinter der sich wer weiß was abspielt.

Und davor alles optische Täuschung.

Vom Eingang abgesehen:

»Geht's besser?«

»Nein.«

In meinem Stück verhält sich niemand normal. Die Tochter ist nicht töchterlich, die Mutter nicht mütterlich, der Vater springt ohne (ersichtlichen) Grund von der Kameradschaftlichkeit zur Autorität über, ist ständig hinter der Kleinen her. Die Mutter, hilflos zwischen zwei Feuern, bemüht sich vergeblich, die einige Familie, von der sie träumt, aufzubauen. Zuerst glaubt man, die Tochter sei nicht ganz richtig im Kopf, dann stellt sich heraus, daß sie Rollen spielt, der ganze Saal sieht es (Rollen in der Rolle, toll). Wenn die Tochter keine Dummheit macht, hängt ihr der Vater welche an, um sie auszuschimpfen, macht, zum Beispiel, heimlich eine Vase kaputt – übrigens eine schöne Szene:

Hypokrit 3 (Tocher, ausgeschimpft): »Ich war's nicht!«

Hypokrit 1 (1, weil er Herr der Lage ist): »Du lügst.« (Er weiß, daß er der Lügner ist, und das Publikum weiß es ebenfalls, man hat gesehen, wie er das Ding kaputtgemacht hat.)

Hypokrit 2 (die Mutter, zwischen beiden): »Früher bist du so aufrichtig gewesen.«

Hypokrit 1: »Wer soll's denn gewesen sein?« (Höhnisch lachend, er weiß, wenn 3 ihn beschuldigt, wird man ihr nicht glauben.

Man glaubt den Kindern nicht.)

Hypokrit 3 (verzweifelt): »Ich jedenfalls nicht!«

Hypokrit 2 seufzt, untröstlich.

Ausgezeichnet. Niemand auf der gleichen Wellenlänge. Es war wirklich Theater. Dem beizuwohnen ich das Vorrecht hatte, in der Wirklichkeit und auf den vordersten Logenplätzen.

Beizuwohnen?

In der Diele (hier keine Verstellung, kein Hypokrit).

Paul: »Und wie geht's heute?«

Tocher: »Wie gehabt.«

Ich schaute zu. Ich hörte zu. Ich *sah* Szenen. Ich *hörte* Dialoge. Ich fragte mich, ob es *gut* sei.

Ich war Zuschauer geworden.

Abends schrieb ich auf. Stopfte in mein Geheimversteck.

Diese brillanten Gespräche finden im Vorzimmer statt (sieh an, Vor-Zimmer!), dem einzigen hübschen Ort in der ganzen Wohnung, mit einer alten Konsole und einer schönen Lampe. Zwei-, dreimal in der Woche, wenn der Onkel und die Tante zum Abendessen kommen, oder um die Eltern abzuholen, wenn sie zusammen ausgehen.

»Wie gehabt?«

»Ja. Nein . . .«

Piepsend wie Vögel kommen die Frauen herein: Richtig, man wird ihnen rundweg echtes Gezwitscher anhängen.

Es fehlt mir nicht an Ideen, neben denen, die ich fix und fertig geliefert bekam, und denen, die unaufhörlich auf mich herabprasselten. Ein riesiges Möbelstück mit Schubladen thronte im Wohnzimmer (offizielle Aktion), ständig stöberte irgend jemand geräuschvoll drin herum, ohne zu finden, was er suchte. Die Tochter, dem Ruf des Vaters folgend, geht ins Schlafzimmer hinüber, wobei sie ihre Lektion aufsagt: die Daten der Siege Napoleons. Abends allein gelassen, stößt sie Verwünschungen aus, probt ihre Rollen und so weiter. Ehrlich, ich war wirklich im Begriff, ein Stück zu schreiben.

Titel: Die Tür dahinten.

Es wird nie gezeigt und nie gesagt, was sich dahinter abspielt. Das Publikum soll es selber herausfinden. Es ist eine Art Kriminalstück.

Ich hatte den Schluß noch nicht.

Der Vater stöbert in den Papieren seiner Tochter herum. Sie lehnt sich auf:

»Dazu hast du kein Recht!«

»Ich habe jedes Recht.«

Er findet das Stück, noch in der Rohfassung. Er liest laut daraus vor: es ist die Szene, die gerade zu sehen war. Er wirft das Stück in den Müllschlucker.

Pah. Ich werde es jederzeit neu schreiben können. Es besteht keine Gefahr, daß ich es vergesse.

Über diese Dinge spricht man nicht

Bewußt ohne vorherige Werbung oder Enthüllung des Themas, damit es auf jungfräulichen Boden falle, wurde der *Tür dahinten* – die in der Schlußfassung mit einer starren, stummen, sehr langen Einstellung endete, auf die ein langes Dunkel folgte, bevor sich der Vorhang über dem senkte, was wir »das Quartett des dritten Aktes« nannten (eine Szene, die von der großzügigen Realität geliefert wurde) – bei der Uraufführung ein bemerkenswerter Empfang bereitet: Schweigen, Reglosigkeit. Ich habe mich gefragt, ob sie auf ihren Sitzen kleben bleiben würden, und mein Gedächtnis bekam Besuch vom »Würgeengel«, dem Buñuels (für die, die ihn verpaßt haben: die Gäste des hochbürgerlichen Empfangs sehen sich im Augenblick des Aufbruchs physisch außerstande, durch die offenstehenden Türen zu gehen; darauf folgen Tage des Schreckens, ihre ganze verborgene Scheiße, die aufbricht). Ich hatte Zeit genug, mich zu fragen, wie sie (die unseren) mit den Scheißhäusern zurechtkommen würden. Ein paar Freundeshände waren tätig geworden und klatschten so laut sie nur konnten, doch es gelang ihnen nicht, das Knallen der Sitze zu übertönen, und ohne sich um die anschließenden Bekanntmachungen zu kümmern, haben sie hastig die Bankreihen verlassen und sind buchstäblich wie ein Mann geflohen. Mitternacht verschlang sie.

Wir standen alle vor den Gittertoren, die man sofort hinter uns geschlossen hatte – das spärliche Bühnenpersonal und die Freunde, die gegen alle Widrigkeiten durchgehalten hatten. Eine Menschenmenge kam da nicht zusammen. Wir beobachteten einander, wobei jeder auf den anderen Gesichtern die vorhersehbaren Zeichen der Niedergeschlagenheit suchte. Und sie nicht fand. Gesichter sah, die zu einem idiotischen Grinsen erstarrt waren, das sich aber aus Furcht, grausam zu sein, nicht zu vertiefen wagte.

»Artaud«, sagte Julius, unser Regisseur, sanft.

Ein schmaler, aus dem Nebel auftauchender Schatten stand in unserer Nähe, ein ganz junges Mädchen, das zögerte, näherzutreten. Wir brachen den Kreis auf, als Aufforderung.

»Verzeihung, ich wollte nur ...«

»Sie sind uns nicht zuviel«, sagte Serge, der Vater (die undankbare Rolle), und das so mühsam zurückgehaltene Lachen brach los.

»Unser Publikum!« verkündete Cléo und öffnete weit die Arme.

»Dabei bin ich gekommen, um euch zu trösten!« sagte die Kleine verlegen und nun ihrerseits angesteckt vom allgemeinen Jubel. Es war Louise, die in unser Leben trat.

»Ich werde ganz schön ausgeschimpft werden, wenn ich nach Hause komme«, sagte unser Publikum am frühen Morgen.

Nach einem Festmahl, das um so üppiger war, als wir auf einen Tisch zusammengeschrumpft waren, statt drei reservierter Tische, die Presse eingeschlossen, jedoch abwesend. Ein Souper im engsten Kreis und die zunächst Beileid ausdrückenden Gesichter der Restaurantbesitzer, die sich im Entziffern von Symptomen auskannten, hielten der Mauer unseres Jubels nicht stand. All die mondäne Schlacke war im Nebel draußen dahingeschmolzen, die Freundschaft gefestigt in der triumphalen Katastrophe, auch glorreicher Mißerfolg, strahlender

Reinfall, mitreißende Niederlage, köstliche Pleite und was sonst noch genannt, und Julius hieß mich zärtlich Würgeengel: was konnte mich glücklicher machen? Meine höchste Berufung! Und das Wasser des Herzens stieg mir in die Augen, zur Erinnerung an Ari, der sie inspiriert hatte.

Über das, was sie sich wohl gesagt haben mögen, nachdem sie in die Unterkunft zurückgekehrt waren, lautete die im Gedächtnis behaltene Version: nichts. Dies wurde von der Kritik bestätigt: stumm. Mit Ausnahme eines jungen Hundes, der noch nicht mit den Pariser Techniken der Entschärfung vertraut war und unvorsichtigerweise als Überschrift »Der Reinfall des Jahrhunderts« wählte. Während ein alter Fuchs, der gerissener war, mit einer Zeile entschied: »Kleine Privatabrechnung, die privat bleiben wird.« Ich muß sagen, eine sehr inspirierte Zeile (und wer weiß durch welche, ebenfalls »private« Abrechnung inspiriert, fragte ich mich) (Paranoiker?). Kurzfristig stimmte die Prognose. Wir hielten uns eine Woche. Wir verschmähten eine neue Werbekampagne, obgleich es uns nicht an Ideen fehlte. »Das Theaterstück, das niemand sehen will« . . . und ähnliches. Aber nein. Der Mißerfolg war viel eindeutiger, meiner Meinung nach. Geteilt. Ein Erfolg hätte mich eher beunruhigt.

Richtige Prognose. Aber falsche Prophezeiung: am Broadway off off kam später der Durchbruch. Sie haben dort zwar das gleiche, doch bessere Ohren. Oder, um es genauer zu sagen, weniger Schiß. Ich kenne sie. Im Grunde bin ich ihre Landsmännin, durch Heirat, durch kulturelle Wahl, durch den Namen, denn ich habe Benjamins Namen behalten –

und, oh, die unerwartete Freude, als ich mich mit einem Federstrich von dem befreit sah, den ich bis dahin getragen hatte und der der seine war, der meines Vaters, sein Eigentumszeichen, auch wenn er noch so tot war, und ich habe mich ganz unvermutet so fröhlich und leicht gefühlt, daß ich in Bens Arme geflogen bin, was im Grunde niemanden verwundert hat, denn wenn's auch schnell gegangen ist, eine Heirat war es doch. Wäre er nicht gewesen, und ich muß ihm überschwenglich Dank sagen.

»Aber wofür«, sagte er, »I love you.«

»Für deinen Namen.«

»Well, es ist ein ganz gewöhnlicher Name, im Telefonbuch von Washington D. C. gibt es vier Seiten nur mit diesem Namen, du wirst sehen«, und ich sah,

bei der Ankunft, nach der ausgefallenen Überfahrt, zusammengepfercht auf diesem lumpigen Frachter, es ist sicherlich seine letzte Überfahrt, sagte ich zu mir, und ich fragte mich, wie er es schaffte, sich ganz allein auf dem großen Ozean zu halten; und auf dem es, was die Unbequemlichkeit betrifft, an nichts fehlte, nicht mal an der Gefahr unterzugehen. Auch nicht an den einmütigen Tränen einschließlich der meinen, als auf der Brücke vor unserer Nase dieses alte Ding von Freiheitsstatue auftauchte, die diesmal wirklich die Freiheit brachte.

Wurde dann wach an den Ufern eines sattgrünen Universitätsgeländes, wie es sie nur dort gibt, als ehrbare Gattin eines Professors der Kommunikationswissenschaft, was mich nicht wunderte, mit der Kommunikation haperte es bei ihm nicht. Er vermittelte mir einen guten Teil seines Wissens. Meine Gier entzückte ihn, er sagte, ich sei sein bester Student, und half mir, mich in allen Branchen kundig zu machen, die mir zugänglich waren.

Es ist wahnsinnig, was man in diesem Land alles lernen kann, nicht wie hier. Keine Wörter. Dinge. Ich erwarb mir eine Menge Techniken und vor allem Annäherungsweisen, die mir hier einen schönen Vorsprung brachten. Ich kam mit sehr nützlichen kleinen Maschinen beladen zurück, Ton- und Bildmaschinen, von denen das Haus voll war. Verlassen, das Haus, verkauft, als mir offziell mitgeteilt wurde, daß ich in den Genuß des Status der Witwe eines Dieners der Nation gekommen sei: Ben, im afrikanischen Sand vermißt. Nie wiedergefunden. Der Teufel weiß, was er dort wieder getrieben hat, zu welcher Rettungsaktion oder wofür, für welche seiner humanitären oder sonstigen Organisationen er dorthin gegangen war. Romantischerweise habe ich ihn im Verdacht gehabt, zeitweilig Geheimagent zu sein, mit geheimnisvollen Abwesenheiten, zu denen auch die letzte gehörte – wie hätte er es sonst geschafft, als er mich gewissermaßen im Meer des Hafens von Le Havre, wo ich verzweifelt ein Schiff für mich zu finden versuchte, um diesem Kontinent zu entkommen, auf dem die siegreiche Niedertracht vorrückte, meinem persönlichen Gott ausgeliefert und zu allem bereit, einschließlich, ich muß es gestehen, dem Schlimmsten, und bekommen habe ich das Beste, für ein paar schöne Jahre – wie hätte er es sonst geschafft, mich im Handumdrehen auf dieses Schiff zu bringen, mit aus dem Ärmel gezogenen Papieren und allem? Ich habe ihm nie die Frage gestellt, das tut man nicht, ich nahm, was mir der Zufall bot. Wurde ihre Landsmännin durch Heirat, Namen, Neigung und mehr als nur eine Herzhälfte: obgleich ein Teil sicherlich für Amerika schlug, habe ich diesen Spinner doch geliebt. In der Zeit, in der ich ihn für mich gehabt habe.

Vielleicht wird er eines Tages wieder auftauchen,

nun, ich werde da sein. Ich habe meine Spuren hinterlassen. Von Zeit zu Zeit gehe ich sie auffrischen.

Manchmal, angesichts des verknöcherten Zustands meiner Heimat, frage ich mich, warum zum Teufel ich mich wieder hierher verkrochen habe. Gewiß, ohne Ben war es dort nicht mehr dasselbe. Ich fand alles zu groß, es gelang mir nicht, diese ganze Leere auszufüllen, die er hinterlassen hatte. Aber trotzdem.

Und dann erinnerte ich mich wieder: Ari. Ari wiederfinden. Den es nicht mehr gab. Meine Männer sind Gespenster.

Von New York und anderen Orten – an denen ich mich eine Ewigkeit herumtrieb, Zeichen suchend, meine Spuren wiederfindend, Botschaften hinterlassend den alten Freunden, soweit ich sie ausfindig machen konnte (diese Leute sind rastlos wie Flöhe), an den Wänden, an den roten Bäumen, im Wind, am Himmel, bei den Vögeln, die es hier nicht gibt – wir konnten auf eine stolze Rückkehr setzen: die Straße der Mode stand uns offen, und genau das braucht man hier, ist man mit der Mode, braucht man sich nicht mehr um das zu kümmern, worüber gesprochen wird. Geht's um Mode, spricht man zwangsläufig über nichts, das heißt, doch, über Mode. Wir hatten Angebote. Wir haben Brüssel gewählt, die gute Stadt. Dann sind wir unsere liebe Grenze entlanggefahren, und am Ende haben wir sie überschritten, zu einer Rundreise. In die Provinz. Von Paris aus gibt's Züge nach überall hin, für den, der will.

Nicht, daß wir die Unruhestifter spielten, wir wollten uns nur amüsieren. Der arroganten Stadt, der es mit ihrer

Krämer-, Planierraupen- und Salzsteuerverwaltung gelungen ist, so ziemlich alle ihre Künstler (die sie so heiß und so lange geliebt haben) zu verschachern, darf nicht die Gelegenheit fehlen, den Platz anzugeben, den sie sich schließlich als rote Laterne der Kunst ergattert hat.

Wir hegten keinen Groll auf die Pechvögel der Premiere. Es war unsere Schuld, wir hatten sie hinterrücks überfallen. Wir hatten ihnen nicht schon alles vorgekaut.

Wir waren ihnen eigentlich dankbar, daß sie auf unser Experiment an ihnen so eindeutig geantwortet und ihr Urteil abgegeben hatten.

»Über diese Dinge spricht man nicht.«

VII

»Aber kann ich das?« sagte Louise. »Nach Hause gehen. Ich bin mit ihnen hergekommen, nach dem Stück habe ich mich verlieren lassen, allerdings sind sie auch stiften gegangen wie die Hasen ... Nein, ich kann es nicht; ich kann es nicht mehr ...«

»Geh nicht nach Hause«, sagte ich, »ich habe jede Menge Platz.«

»Jetzt bist du aber wirklich verloren«, sagte Julius, und sie war es.

Blieb es. Man braucht Zeit.

»Sie haben es überhaupt nicht gemocht. Dein Stück. Vor allem er nicht (»er«).«

So hat sie angefangen, und ich habe sofort die Fährte gewittert, wofür ich eine Art Indianernase bekommen habe, ist übrigens gar nicht schwer. Es gibt Symptome: allein schon der Ton, wie sie »er« sagte; ich kenne das. Ich habe sie abgelöst und mich dabei ziemlich weit aus dem Fenster gelehnt. Wenn ich mich persönlich zur Sprache bringe, vor aller Augen, kommen die Mäuschen aus den Löchern, sie zeigen sich nur, wenn sie sicher sein können, daß sie nicht die einzigen sind, die verfluchten Ungeheuer ihrer Gattung, wie sie das so lange geglaubt haben, und ich erst!

Louise hatte seit ihrem fünften Lebensjahr (mit fünf Jahren, Herr!), soweit sie das ausmachen konnte: »Ich habe zuerst gar nicht begriffen, was vorging, er sagte kein Wort«, einen nächtlichen Fummelpapa. »Das scheint die klassische Tour zu sein«, sagte ich zu ihr, »bei mir war es morgens, wenn meine Mutter zur Arbeit war«, »meine hatte einen bleiernen Schlaf«, sagte sie. Und schließlich war besagter Papa zur Feier ihres achtzehnten Geburtstages reingekommen.

»Ich war achtzehn Jahre und einen Tag alt, als er, hm, er hat mich . . .«

Ich regte an: fertiggemacht.

»Sag lieber erledigt. Ich war entschlossen abzuhauen, es war einfach zuviel, aber wie? Ich kann nichts, ich hatte gerade das Abitur gemacht. Ich bin nicht sehr begabt. Vielleicht auch nicht sehr mutig.«

«Oder erschöpft? Ein solches Leben verschleißt.«

»Ja, könnte sein . . . Du bist lieb, daß du mir das sagst . . . Und ich dachte: meine Mutter, was soll ich ihr sagen? Nichts. Das ist beschlossene Sache, weißt du. Ich werde ihr nichts sagen, sie wird nie begreifen, es ist traurig. Aber warum hatte sie auch einen so schweren Schlaf? . . . Ich jedenfalls, nicht mehr möglich. Jetzt. Danke! Du kannst dir gar nicht vorstellen.« Sie lächelte endlich.

»O doch.«

»Ich meine wegen dem Stück. Selbst wenn es nur das Stück gegeben hätte! Ich habe mich unendlich wohler gefühlt, ich mußte richtig heulen. Hinterher war ich wieder ganz stark. Gut, trotzdem, damit sie nicht glaubt, ich sei unter einen Autobus gekommen, werde ich anrufen. Morgen. Ihn. In seinem Büro eines nicht mehr ganz jungen, dynamischen, leitenden Angestellten, hoch oben in seinem Turm. Soll er sehen, wie er es ihr beibringt. Er (»er«) weiß, warum ich nicht mehr zu Hause bin. Und er weiß, daß ich großjährig bin, er hat mich ja, hm, höchstpersönlich großjährig gemacht. Er kann nichts mehr tun, bye, bye. Und ich suche mir irgendeine Arbeit. Wie einfach auf einmal alles ist . . .«

Es war ihr erster Ausgang mit einer gesund gewordenen Zunge.

Ich kann sagen, das verändert das Leben.

Was mich angeht, so hatte sie genügend Zeit, um Arbeit, irgend etwas, zu suchen und zu finden. Es macht eine solche Freude, wenn man zusieht, wie jemand allmählich wieder zu atmen beginnt. Jemand, der im Haus herumläuft, über ein Nichts lacht, der singt. Sie hatte eine erstaunliche Stimme, die sie selber überraschte und die als Berufung erkannt wurde.

»Wo war das nur verborgen gewesen?«

O ja. Der Atem das ist die Seele.

Ich war fasziniert.

Ich glaubte, mich zu sehen.

Ich, vor gut einem Dutzend Jahren, bei meinem ersten stammelnden und stolpernden Ausgang, und ich habe Angst davor, errötete – vor Margot erröten, was für eine Welt: meine frühere Kommilitonin, mit der ich erhabene Gespräche geführt hatte, über alle Themen. Außer einem. Margot, die unter anderen unglücklichen Kindheitserinnerungen gerade einen Prügelpapa gemeldet hat, und ich sage versonnen: »Oh, meiner schlug mich nicht ...« Und, Seufzer: »aber das war auch nicht besser ...« Und, nun komm, gib dir einen kleinen Ruck: »Es war eher schlimmer ...«, und sie ruft empört: »Scheiße, man sieht doch gleich, daß du nichts abbekommen hast!« Dann, nachträglich von diesem nicht akzeptierbaren »schlimmer« aufschreckt:

»Was hat er dir denn getan?« Und was sage ich darauf? »Er hat, er hat mir, was hat er mir, was?«

Immer dasselbe. Die verfluchten Wörter, die ich entweder nicht habe oder bei denen ich kotzen müßte. Und ich bleibe stimmlos, senke mit brennenden Wangen und Übelkeitsgefühl den Blick. In der Hoffnung, daß die Litotes, wenn sie lange genug in der Luft hängt, von allein spricht, und sie tut es:

»Ach. *DAS*?« sagt Margot. Ich nicke mit dem Kopf, ja: das. Ein ungeheures Wort, das. Es dient zu allem.

»Hat er dich vergewaltigt?« packt Margot wie ein Bagger zu. Und genau da liegt der Hase im Pfeffer: »das« dient eben allzusehr für alles. Es ist ein Elend, daß es immer die brutale Variante ist, an die jeder als erstes denkt.

»Äh, na ja, nicht genau ... Aber es kommt aufs selbe heraus ...«

Warum antworte ich nicht einfach mit ja und damit hat sich's? Anstatt mich in Genauigkeiten zu verrennen, aus denen ich schließlich nicht mehr herausfinde? Warum muß ich unbedingt klarstellen, daß er »das« nicht getan hat, ich werde das nie verstehen, will ich ihm Gerechtigkeit widerfahren lassen oder was? Es wäre endlich an der Zeit, daß ich mir diese Frage stelle. Denn »das kommt aufs selbe heraus«.

Eben nicht. Nicht genau.

Wenn er mich, wie sie sagt, wäre alles klar: er hat mich vergewaltigt. Die Bestie und das Opfer. Die Gewalt. Alle kapieren. Ich würde mit meiner Geschichte nicht so sehr in der Scheiße stecken.

»Festgebunden ist es noch bequemer.«

Er hat mich nicht festgebunden, der Schweinehund.

Ja ja. Die Stricke im Innern, das ist geil. Sie schneiden zwar genauso, aber man sieht sie nicht, es genügt, daß man sie ableugnet. Und hinterher versuchen Sie mal, den Knoten zu lösen und den ganzen Schwindel neu zu strikken. »Und wer wird dir glauben? Den Kindern glaubt man nicht«, wie er früher so richtig sagte, und das hat sich nicht geändert: immer im Dienst, bellen die Wachhunde und -hündinnen die in die väterliche Falle geratenen Kinder auch weiterhin an: »Die sind doch alle einverstanden!« Und genau das bringt einen um, das ist, mit einem Wort, der Gnadenstoß. Diese Selbstzufriedenheit, die das Kind aus der Höhe eines vorgeblichen Wissens in den Graben zurückschickt, und weil ich nun nach fünfzehn stummen Jahren den Mund aufgemacht habe, soll ich das einen Sieg nennen. O.k. Sieg. Halleluja. So was muß man feiern, Scheiße. Ich kippe meinen ganzen Nordhang-Auslese runter und noch einen und so weiter. Ich habe eine fröhliche Wut. Und jetzt kann ich auf einmal atmen! Ich hatte ganz vergessen, was das ist. Nach so langer Zeit. Ich verliere mit jedem Glas an Gewicht – verflucht, sollten meiner Zunge Flügel gewachsen sein? Flügelchen? Die Augen entzückt zum Himmel gerichtet, betrachte ich sie dort oben in meinen Alkoholdämpfen, wie sie gerade ihre Flugversuche macht.

»Es sind wirklich Schweine«, sagt Margot, die auf dem Boden sitzen geblieben war.

»Schweine? Hast du mehrere?«

»Eines. Ich sage dir nicht, wer, ich habe ihr schwören müssen, daß ich es für mich behalte. Hat sie rundweg gebumst, mit vierzehn Jahren.«

»Ziemlich spät«, sage ich.

»Ach, findest du?«

»Bei mir war's so mit acht ...«

»Scheiße, ein kleines Kind.«

»Oh, das ist das beste Alter!«

Margot schweigt, ich habe sie sprachlos gemacht. Mich auch: das ist eine Bemerkung, die ich nie von mir erwartet hätte.

»Man muß sie verstehen«, sage ich, noch angeregt und weinumnebelt. »Ein kleines Mädchen ist so was Verführerisches, das krabbelt da herum, in Reichweite, das gehört ihnen, da können sie nicht widerstehen ... Eigentlich dürfte man ihnen so was nie vor die Nase setzen.«

Margot lacht. Sie hat begriffen: ich mache Spaß.

Ich mache keinen Spaß.

»Aber was hast du getan?«

»Was hätte ich denn tun können? Außer ihn umbringen. Das ist das einzige, was wirkt, aber ich hatte nicht die notwendigen Werkzeuge dazu ... Soll ich dir ein Geheimnis anvertrauen?« sagte ich und änderte meine Meinung. »Ich weiß nicht. Ich glaube, es ist mir wurscht.

Nein, es ist kein Geheimnis. Alle sollen es wissen. Erzähl es ruhig weiter. Luft!«

»Sie, meine Freundin, sie kann es wegen ihrer Mutter nicht sagen.«

»Ach ja, die Mütter. Das ist unser Kreuz.«

Die. Unsere... Jetzt werde ich schon kollektiv. Du lieber Gott.

»Wenn sie es erfahren, stürzen sie sich aus dem Fenster, verstehst du. Das hat er mir jedenfalls gesagt. Und nun riskier mal so was! Du kannst nie sicher sein, bevor sie unten gelandet ist.«

›Aus Zartgefühl habe ich mein Leben verloren.‹ Na, vielleicht nicht ganz.

»Aber ich sehe sie nicht mehr. Ich habe sie verlassen.«

»Deswegen?«

»Weiß nicht. Hab's nicht absichtlich getan. Eines Tages bin ich nicht mehr heimgegangen.«

Margot schweigt wieder, wieder sprachlos. Die Mutter verlassen, so was tut man nicht. Vor allem nicht absichtlich. Tat man nicht, damals, in jenen alten Zeiten. Heutzutage verläßt man die Mutter, einfach so, peng. Außer, sie hat eine Waschmaschine. Aber lassen wir das,

im Augenblick genießen wir das Glück, nicht mehr einig und einzig zu sein. Wir sind zwei. Wir nähern uns langsam der »üblichen Praxis in den Familien«.

Natürlich, wenn alle warten müssen, bis ihre Mütter und die ganze aufsteigende und absteigende Verwandtschaft mitsamt den Seitenlinien begraben sind, um eine Geschichte zu enthüllen, die bei ihnen Panik auslösen würde, soweit sind wir noch nicht. Man kann nur träumen.

Ich betrachte meine Zunge dort oben, sie schwebt jetzt, ich sage mir, wenn sie einfach so davonflöge, dann könnten sie sich von überall her zu Zugvögelverbänden zusammenschließen, das wäre einmalig schön. Komm, Kleine, komm, versuch deine Kumpel zu finden.

»Was für Kumpel«, sagte Margot, ich führe jetzt also schon Selbstgespräche, ich bin wirklich besoffen.

»Die von meiner Zunge. Seit gut fünfzehn Jahren laufe ich mit einer gelähmten Zunge herum, sie hat gerade Flügel bekommen. Das ist eine Lufttaufe. Danke!«

Wohlgemerkt, diese naive Szene spielt vor sehr sehr langer Zeit. In jener fernen Zeit blieb die Sache völlig verschwiegen im Innern der ehrbaren Familien. Heute wäre dem nicht mehr so. Heute herrscht die sexuelle Befreiung. Heute sagt jeder jedem ständig alles laut vernehmlich und hochzufrieden. Heute sind es die Töchter, die ihre Väter bumsen, und es sind die Väter, die mit einer gelähmten Zunge herumlaufen. Oder etwa nicht?

»Alles in allem habe ich es doch noch etwas besser getroffen als du«, gab Margot zu. »Es sei denn, diese Prügel auf den Hintern ... wenn man der Sache auf den Grund geht ... oh, mein Gott, wenn ich es genau bedenke! Erst nachträglich gehen mir die Augen auf«, und sie bricht in ein irres Lachen aus.

»Geh auf den Grund, meine Schöne, das tut gut.«

»Ach«, seufzt sie. »Das hätte ich nie gedacht, daß ich das einmal komisch finden könnte.«

Ich auch nicht.

Mit Kunst

Eines zukünftigen Tages bin ich auf einen Schatz gestoßen: *Der Erwählte*. Von dem ernsthaften Thomas Mann. Ich habe selten so herzlich gelacht. Ach, so ein durchtriebener Bursche! Ach, so ein subtiler Bursche!

Auf den ersten Blick scheint das meilenweit von meiner Geschichte entfernt: ein aristokratischer Inzest, aus dem im Inzest gezeugte Kinder hervorgehen, die und so weiter eventuell und der unentwirrbare Knoten von Verwandtschaftsverhältnissen, die das mit sich bringt, nicht einmal ein Computer würde sich da zurechtfinden. Und ganz oben auf dem Stapel noch ein Papst. Außerdem herrscht Liebe unter diesen Leuten, nicht wie bei uns, das sind keine Lüstlinge, und sie sind alle einverstanden, sie drohen einander nicht damit, ihre Mütter durch die Fenster zu ermorden oder einander in strafmedizinische Käfige zu sperren. Sie haben nur die Hölle zu fürchten. Und zum Schluß entgehen sie ihr auch noch! Es gibt keine Gerechtigkeit, nicht einmal eine göttliche.

Obgleich, nicht umsonst, darauf wird ausdrücklich hingewiesen, der Sünder, der siebzehn Jahre auf einem Felsen verbringt, ohne etwas zu essen, und zu einer Art Insekt wird. Und plötzlich, mit leichten Schlägen samtener Katzenpfoten, mit Charme, genialem Humor und schönem Stil liegt das ganze tragisch-griechisch-christliche Gebäude am Boden. Ach, der Spott! Ach, die Kunst! Ach, danke.

Von deinen Gipfeln herab, Thomas, schien meine Kammertragödie einiges von ihrer Größe und mein Nabel einiges von seinem Gewicht verloren zu haben.

Die Frage ist der Ton.

Abgesehen davon, daß er von irgendwoher kommen

muß, der Ton. Von sehr fern. Wie es Thomas Mann zeigt: siebzehn Jahre auf einem Felsen, ohne zu essen, das muß man erst einmal fertigbringen. Er sprach von der Bande, er, o.k. Aber der Ton, ist das so weit weg davon?

Auf jeden Fall muß man sich aufschwingen.

Ha!

Mit einem gütigen Lächeln

Zeiten würden kommen, wie ich noch keine sah – bis die Worte wie Milch und Honig aus meinem Munde flössen, würden noch gut an die fünf oder sechs Jahre vergehen – in denen ich, wenn man mir die Ohren mit DEM VATER und DER MUTTER, ganz großgeschrieben und ganz heilig, allzu heißgeredet hätte, mit einem gütigen Lächeln friedlich in den Weihwasserkessel fallen ließ:

»Ich hatte einen blutschänderischen Vater.«

Das schafft Kälte. Die Sache, na gut, das ist nicht neu, sie haben sich schließlich daran gewöhnt. Mußten sie wohl. Wegen der Ohrfeigen, die sie bekamen. Aber das gütige Lächeln, das mögen sie nicht: wenn es »das« ist, dann besitze man doch wenigstens den Anstand, hysterisch zu sein!!!

Aber nein. Man darf ihnen nicht die ganze Fahrbahn überlassen, wenn man einen Sportwagen hat.

Mit Handschuhen

»Mein Onkel sagte mir wenigstens, daß er mich liebe. Sein Bruder hingegen hat mir nie eine solche Musik vorgesungen, mit solchen Kindereien hatte er nichts zu schaffen, das einzige, was ihn interessierte, war unterhalb meines Gürtels, das, was er Erotik nannte. Als die romantische Idylle mit seinem jüngeren Bruder entdeckt worden ist...«

»Warte, warte, ich muß mich erst zurechtfinden: der Bruder deines Onkels...«

»Genau.«

»Aber das heißt doch, er war, hm, dein hm...«

»Ja, ja, du hast es erfaßt.«

Meine Freundin Ruth hatte ebenfalls eine unglückliche Kindheit und erholte sich nur schlecht davon. Aber befreit vom Recht der ersten Nacht, das kommt auch vor. In solchen Fällen ziehe ich Samthandschuhe an, um abzuschwächen. Daher der Onkel, eine oratorische Vorsichtsmaßnahme.

Übrigens bin ich sogar glücklichen Exkindern begegnet, es soll nicht so aussehen, als wolle ich behaupten, es gäbe keine. Es gibt ganz bestimmt welche. Aber trotz der Wahrscheinlichkeit und meinem guten Willen vermag ich nicht, die Katze im Sack zu kaufen, das Gemälde Glückliches-Kind-in-einer-einigen-Familie. Ich habe Lust, daran zu kratzen. Doch das andere Kind nimmt mein Gemälde ebenfalls nicht an. Es sind die Steinguthunde. Bei denen tritt man besser rundweg den Rückzug an: der Kulturschock ist zu hart. Kurzum.

Ich sehe, wie die Flut des Mitleids in Ruths Gesicht steigt angesichts eines Elends, das noch größer ist als das ihre, und gleich überzufließen droht. Und dann wird es mir wieder obliegen, sie über mein Unglück hinwegzutrösten. Die Einbruchstelle muß dringend gestopft werden: aber darum geht es gar nicht.

Ich erzähle nicht, um mich verhätscheln zu lassen. Auch nicht, damit man sich gegenseitig verhätschelt.

Dies ist keine Quelle des Jammers.
Dies ist eine Quelle der Erkenntnis.

»Nun hör mal, du darfst kein Drama draus machen. Das ist gang und gäbe in den Familien«, sage ich beruhigend.

»Und du findest das komisch?«

»Oh, im Augenblick nicht, offen gestanden.«

Im Augenblick jedenfalls war ich nicht in der Lage, darüber auch nur ein einziges Wort zu ihm zu sagen, diesem Bruder meines Vaters. Der sich Fragen stellte, nichts anderes wollte, als mich anzuhören. Argwöhnte am Ende vielleicht die Wahrheit. Und ich, nichts, den Mund nicht aufgemacht, gelähmte Zunge.

Dabei hatten wir endlich eine Möglichkeit gefunden, Privatgespräche zu führen.

Eines Tages hatte ich ihn nach dem Unterricht vor dem Gymnasium gesehen, er wartete auf mich.

»Ich kam zufällig vorbei«, sagte Paul vor den andern. »Aber vielleicht bleibst du lieber bei deinen Freundinnen?«

»Oh, die sehe ich immer. Das ist mein Onkel!« brülle ich ihnen zu. »Aus Amerika!« und ich zische ab.

»Aus Amerika ... nicht ganz. Aber ich hab eine Zeitlang dort gelebt.«

»Wie ist es dort?«

»Mir gefällt's. Ich würde gern wieder zurückgehen, aber wenn man verheiratet ist, kann man nicht einfach so weggehen, ohne was zu beißen zu haben ... Ich bin nicht zufällig vorbeigekommen«, sagte er noch. »Ich habe den Laden dicht gemacht. Ich hatte die Schnauze voll von den Werbespots. Als Stilübung ist das ganz gut, aber.«

»Ja. Aber. Prima, dann können wir mal ganze Sätze machen!«

Darauf schweigen wir.

»Mach einen ganzen Satz«, sage ich.

»Das Wetter ist schön.«

»Hoffentlich hält's an. Nun bist du dran.«

»Du kannst also auch fröhlich sein?«

»Ja, wenn die Bahn frei ist.«

»Genau deshalb bin ich vorbeigekommen, um dich kennenzulernen. Im Zustand der Freiheit.«

»Jaaa, in der Familie sind wir immer ein ganzer Haufen und sagen nie etwas.«

»Sollen wir uns in ein Bistro setzen?«

»Ich glaube nicht, daß mir dazu die Zeit reicht, ich darf mich nicht herumtreiben. Wir nehmen die Abkürzung über den Friedhof, aber nein, mach nicht so ein Gesicht, das ist gar nicht traurig, ich bin ständig dort. Das ist voller

Blumen. Und Vögel, alle Arten. Es gibt sogar Platz, soviel man will, wo man sich hinsetzen kann. Auf jedem Grab.«

»Gut, wenn du es lustig findest, dich zu den Toten zu setzen, ich habe nichts dagegen, welchen willst du?«

»Crochet-Mignon ist ziemlich bequem.«

»Erinnerst du dich an unser letztes Gespräch?«

»Auswendig. Du hast gesagt: ›Immer noch das gleiche?‹«

»Du hast geantwortet: ›Ja, nein.‹ Du hast mich auf glühenden Kohlen sitzen lassen. Hatte sich was gebessert?«

»Nein. Das heißt, doch. Ich ein wenig, wenn man so will. Ich habe beschlossen, Theaterautorin zu werden, ich schreibe ein Stück.«

»Oh. Kann man den Inhalt erzählen?«

»Hm ... Gut, es ist Familienrealismus. Das heißt, auf der Bühne lügen alle.«

»Völlig realistisch.«

»Außer in der Diele.«

»Sieh mal an. In Kurzsätzen?«

»Na klar, na klar. So merkt man, daß sie anderswo lügen.«

»Sag mal, das ist ja richtiges Theater. Und was ist die Wahrheit?«

»Das wird nicht gesagt. Das muß man erraten.«

Schweigen. Wir gehen durch die Alleen. Nur die Vögel reden noch.

»Schau mal, eine Meise. Zwei. Und das da ist eine Amsel. Eine männliche.«

»In Amerika sind die Amseln blau. Und die Rotkehlchen riesengroß. Sie haben dort auch Vögel, die völlig rot sind. Sie haben viele Tiere, die wir hier nicht mehr haben.«

Ich beschloß, daß ich nach Amerika gehen würde.

»Wir müssen uns trennen«, sagte ich am Froidevaux-Tor. »Auf der Straße besteht die Gefahr, daß wir ihnen begegnen ... Wir sehen uns doch heimlich, oder?«

»Ich glaube schon ...«

Wir geben uns einen dicken Kuß.

Ich bin mächtig froh. Ich fliege davon. Ich kann auch vor Freude laufen.

»Montag?«

»Ja! Bei Crochet-Mi ...

Ausblenden. Da sind sie schon. Heimlichkeit.

»Du hast recht, ein Friedhof ist gar nicht traurig. Ich habe zuerst geglaubt, du hättest krankhafte Gedanken.«

»Ich? Mensch, wenn ich dazu auch noch krankhafte Gedanken hätte, wo käme ich da hin!«

»Wozu auch noch?«

Schweigen meinerseits. Er fragt nicht weiter. Beugt sich über ein frisch geschmücktes Grab, sieht mich fragend an, nur keine Angst, ich passe auf. Er klaut der Familie Bic eine rote Begonie und hält sie mir feierlich hin.

»Eine Freveltat.«

»Oh, ich habe mein ganzes Herbarium hier geholt. Ein frevlerisches Herbarium. Und meine Steinsammlung. Ruchlos. Was du dort siehst, ist Poryphor aus Labrador, das da ist Sandstein aus dem Elsaß, das da Kalkstein. Sehr gewöhnlich, aber das ergibt die schönsten alten Gräber.«

»Du bist ein Brunnen der Gelehrsamkeit.«

»Unbedingt. Bei dem, was mir Spaß macht. Die Steine, das gefällt mir, das tut niemandem weh.«

»Es muß doch noch andere Dinge geben, die dir Spaß machen, als nur die Steine?«

»Ach du meine Güte, wenn wir erst mal damit anfangen, finden wir kein Ende mehr, ich darf nicht zu spät heimkommen.«

»Schlägst du nie über die Stränge?«

»Im Augenblick nicht, im Augenblick bin ich vollkommen.«

»Das habe ich gemerkt.«

»Ich habe gemerkt, daß du es gemerkt hast.«

»Ich habe gemerkt, daß du gemerkt hast, daß ich gemerkt habe ...«

»Ich auch.«

»Uns entgeht wohl nichts, wie?«

»Jaaa. Wir können gut miteinander reden. Selbst stumm.«

»Uns entgeht vielleicht nichts. Abgesehen davon, daß ich nichts begreife«, sagt er und wartet darauf, daß ich weiterrede.

Aber ich rede nicht weiter.

Und immer so fort. Ein Augenblick, da stockt's. Wir beenden den Spaziergang, ohne miteinander zu reden. Wir geben uns einen dicken Kuß, und ich fliege davon.

»Morgen?«

»Nein. Keine Schule morgen. Leider ...«

Ich habe keine Lust mehr, vollkommen zu sein.

Und schon herrscht im ganzen Haus heilloses Durcheinander: sie sind nicht mehr dran gewöhnt, selbst Hand anzulegen. Das heißt, meine Mutter. Denn er ist es noch nie gewesen. Er begnügt sich mit der Sklavenzulage, an die er seit kurzem gewöhnt ist. Und seine Frau sträubt sich: »Ich bin schließlich nicht dein Dienstmädchen.« Sieh an, wenn ich es nicht bin, die es ausbaden muß, merkt sie schon, daß er zu weit geht. Lustig. In meinem Zimmer lache ich mir eins.

»Ich arbeite, ich!« höre ich.

»Ich arbeite auch!« Ich bin's, die vorgeladen wurde und die sich nun ebenso sträubt. Und sie, zu mir, die ich keinen Streich mehr tue:

»Aber was ist in letzter Zeit bloß mit dir los?«

»Hausarbeiten. Wenn ich nach Hause komme, habe ich noch Hausarbeiten zu machen.«

»Du hast doch den Donnerstag.«

»Nachmittags bin ich bei den Pfadfindern.« Ich habe absichtlich vom »Nachmittag« gesprochen. So daß anschließend folgende Frage kommen muß:

»Und morgens?«

Darauf Schweigen. Totenstille. Vorbereitet, eingerahmt. Theatralisch. Wie ein Pflasterstein herabfallend. Ich habe gelernt, Wirkungen zu erzeugen.

Oh, ich könnte sagen: ich arbeite. Das wäre nicht ganz falsch, er nimmt mich nicht ständig – obgleich er meine Konzentration ziemlich kaputtmacht. Oder irgend etwas erfinden, einmal hätte ich fast gesagt: ich gehe zur Messe. Nur um seine Visage zu sehen. Er folgt diesen kleinen Wortwechseln mit sehr aufmerksamem Ohr.

Aber ich werde schließlich, nein, nicht eine Lüge nach Maß fabrizieren, nur damit er aus dem Schneider ist! Ich will nicht. Nicht diesen Donnerstagmorgen füllen, sondern ihn weit offen lassen, das versuche ich. So klafft er weit auseinander, das ist alles.

Wieder ein Schlag ins Wasser.

Eines Sonntags, wir beide in dem verfluchten Schlafzimmer beim Wechseln der Bettwäsche (puh, ich hasse es, die Bettwäsche zu wechseln, sie riecht nach ihm), und sie klagt über Migräne und daß ich ihr die ganze Arbeit überlasse und was ich denn hätte?

»Warum bittest du ihn denn nicht, auch mal ein bißchen was zu tun«, rutscht es mir mutig raus, »er hat mehr Zeit als *wir* – absichtlich mit der Betonung auf »wir«, wir, du und ich, im selben Boot. Und er im andern, dem der Faulpelze.

»Wer, er? Dir würde wohl ein Stein aus der Krone fallen, Papa zu sagen?«

Schweigen meinerseits, Übersetzung: jawohl, der würde mir rausfallen. Aber sie kann meinen Code nicht entschlüsseln, obgleich ich schon so lange auf Sendung bin, ich blinke auf wie ein Polizeiauto, wie die Feuerwehr. Ein Leuchtturm. Ein Krankenwagen, das ist es: Hilferuf!

Nichts sagen, o.k. Nicht aus dem Fenster stürzen. Aber Zeichen geben, und danach soll sie sehen, daß sie ganz von allein auf die richtige Spur kommt. Leider funktioniert ihre so feine Witterung nicht in dieser Richtung – was hat sie nur, ja, was hat sie nur im Kopf? Im Herzen. Sie, die sich so lange für mich aufgeopfert hat (wie wahr!), jetzt wäre doch wahrhaftig der Augenblick, mich aus dem Schlamassel zu ziehen!

Sie liebt ihn, ist es das? Scheißliebe, wenn's das ist, werde ich das Ding nicht mal mit der Pinzette anfassen.

Trotzdem. So sehr nun auch wieder nicht, sie nicht. Im Grunde ist sie eine Rebellin, außerdem ist sie aufmüpfig, und die nicht wiedergutzumachenden Worte durch die Tür (nie in meiner Gegenwart, oje, niemals vor den Kindern), sie kann wirklich hundsgemein sein.

Will sie um jeden Preis eine einige Familie mit Respekt (dem meinen) und Harmonie? Setzt sie darein ihre ganze Ehre? (Ehre hat sie ein ganzes Paket).

Scheißehre, wenns das ist.

Ich reihte die Hypothesen aneinander. Ich fragte mich, fragte mich immer wieder, ich versuchte, in ihrem Gesicht zu lesen (»Sieh mich nicht so an, ich verbiete dir, mich so anzusehen!«, sie ertrug es nicht), kannst du dich denn nicht fragen warum? Mich fragen? Aber sie sagte nichts, sie sagte nie etwas zu mir, oh, sie sprach nicht mit mir wie mit einer Erwachsenen, sie nicht, ich war ein Kind und ich sollte es bleiben, obgleich ich es immer weniger war.

Hat diese Frau mir Sorgen gemacht.

Die Katzenlektion

Eines Tages bekam ich eine Katze. Ich liebte sie. Die Katze fing an zu schmollen, sich in allen Ecken zu verstecken, und ich – mit mir können die Tiere tun, was sie wollen, nicht wahr – ich: sie ist nicht gezwungen, mich unausgesetzt zu lieben, sie hat das Recht, in Ruhe gelassen zu werden, und ich lasse sie in ihrem Schrank in Ruhe. Bis ein entsetzlicher Gestank aus dem Schrank kommt. Ach du meine Güte! Ich hole sie raus und stopfe sie in ihr Körbchen, sie leistet nicht einmal Widerstand, und es ist Sonntag, und in die einzige Klinik, die geöffnet hat, sehr weit weg, sehr teuer, doch das ist egal, und in der Tat: »Wie konnten Sie sie nur in diesem Zustand lassen«, sagt der Tierarzt zu mir, herablassend, wie sie zu Leuten sein können, die sie im Verdacht haben, ihre Tiere zu vernachlässigen, und ich zittere und schlottere. Wir haben sie gerade noch rechtzeitig erwischt. Nach einigen Tagen, in meinen Armen (ich lasse sie nicht mehr los), gesund nach Hause gebracht. Ich sehe sie an, ich sage zu ihr: »Wie habe ich dir das nur antun können? Wo ich dich doch liebe.« Und sie antwortet mir: »Du hast Angst gehabt.«

Ich hatte eine Heidenangst, daß ich es nicht einmal zugeben wollte. Ich hatte solche Angst, sie könnte sterben, daß ich sie krepieren ließ! Und mit der schnurrenden Katze im Arm, sehe ich auf einmal meine Mutter. Angst.

Wenn ich sie je wiedersehen sollte, würde ich ihr alles sagen: was gab es denn noch, was sie hätte fürchten können? Und diese ganze Zeit, die zwischen uns vergangen war.

Aber ich konnte es nicht und sie wollte es nicht.

Mein Bett nicht gemacht, mein Zimmer ein Saustall, ich selbst nicht sehr ordentlich und nichts klappt mehr.

»Weißt du, ich glaube, daß du wirklich verrückt bist«, sagt sie.

»Ja.« Er sieht von seinen Scheißbörsenkursen auf. »Ich frage mich, ob man sie nicht mal zu einem Psychiater bringen müßte. Sie wird immer fahriger.«

»Montag, o.k.?«

»O ja, ja!«

»Am Samstag hing bei uns der Haussegen schief.«

Samstags kommen sie zum Abendessen, das ist zur Gewohnheit geworden. Oder sie fahren aufs Land, Paul und Gina haben eine Hütte.

»Ja. Schief.«

»Was war denn?«

»Oh ... Ich mache jedenfalls nichts mehr im Haus.«

»Das hab ich gemerkt«, sagt er und lacht kurz. Dann, ärgerlich: »Aber als du noch alles gemacht hast, war's auch nicht besser, also, was wollen sie?«

Ich setze mich auf Trébuchet und er daneben. Wir halten uns bei der Hand, wegen der menschlichen Wärme. Ich habe das verdammt nötig.

»Wenn ich diese Steine sehe, vor allem die unpolierten, dann sage ich mir, daß ich einmal Bildhauerin werden will.«

»Sag mir lieber, was du einmal nicht werden willst?«

»Pah, darüber reden wir besser nicht. Sicherlich werde ich mal überhaupt nichts und lande bei den Irren.«

»Was ist denn das für eine idiotische Idee?«

»Sie wollen mich zum Psychiater bringen. Und du weißt doch, ist man erst mal dort ...«

»Was? Die sind wohl bekloppt! Verrückt sind sie, niemand ist geistig so gesund wie du!«

»Findest du?« sage ich zunächst beruhigt und dann: »aber könntest du es beweisen?«

»Und wie!«

»Wie?«

»Das sieht doch ein Blinder!«

»Ein Blinder vielleicht, und du, aber ...«

»Herrgott noch mal«, er platzt vor Wut, schlägt auf den schartigen Carrara-Marmor und schürft sich die Hand auf, »warum sind sie so hinter dir her, ich verstehe nicht, was sie dir vorwerfen können!«

»Ich bin ›fahrig‹.«

»Es wäre schlimm, wenn du das in deinem Alter nicht wärst! Ich finde, daß sie sich glücklich schätzen können, ein Kind wie dich zu haben. Sie verdienen dich eigentlich gar nicht. Ich, ich ... Ich liebe dich«, sagt er, murmelt er und packt meinen Kopf. Beugt sich vor. Ich werde ganz steif, Himmel, er wird mich küssen! Ich richte mich mit einem Satz auf. Kläglich steht er auf. Ich weiche zurück.

»Nein nein. Bitte.« Und da er mit leeren Händen ganz verdutzt dasteht: »Verzeih mir! Ich kann nicht ...«

Seine Hand blutet, ich möchte sie ergreifen. Sie lekken. Einen Pakt schließen. Aber besser nicht, beim augenblicklichen Stand der Dinge.

»Aber ich liebe dich«, sagt er. »Es ist wirklich wahr. Es ist passiert.«

»Ich dich auch!« und ich laufe weg, so schnell ich kann.

Hör doch, hör doch, sage ich zu ihm, als er mich nicht mehr hören kann, es ist schon ein Wunder, daß ich jemanden liebe, mehr darf man nicht von mir verlangen, ich kann nicht, ich ertrage es nicht, daß man mich berührt, man darf mir nicht zu nahe kommen, ich kann nichts dafür, es ist nun mal so.

Ich bin eine Unberührbare.

Dieser Gedanke macht mich nicht glücklich.

Fuß auf erlegtem Tiger

Ich mache einen plötzlichen Aufstand. Nicht vorgesehen. Unvorbereitet. Improvisation. Irgend etwas. Mitten in der Regression. Ich will nicht mehr!

Er streckt die Faust aus, packt mein Handgelenk zwischen zwei Fingern, wie er es mir einmal gezeigt hat. Sein verfluchtes Jiu-Jitsu. Das tut weh. Aber er wird doch nicht so weit gehen, daß er mir etwas bricht? Zu auffällig. Es wird nur Schmerz geben. Schmerz, na gut. Ich brülle aus vollem Hals. Aber unsere alten, traditionellen Wände haben keine Ohren, außer wenn es um das nächtliche Klavier geht, und ein Vater, der seine Tochter prügelt, das schlägt keine Wellen. Ihn stört meine Musik nicht, im Gegenteil, das bringt Leben in die Bude. Und genau das fehlte uns, es wurde so trübsinnig hier im Zuge der Vollkommenheit. Die Aktion, das gefällt ihm, man schlägt den offenen Aufstand nieder, das ist sehr lustig. Und da die Gewalt am Ende triumphiert hat, wie sie es muß, und sein Auftritt stattfand, Fuß des Jägers auf erlegtem Tiger, breitet sich auf seinem Gesicht das Lächeln der Katze aus, die ihre Maus gefangen hat.

Was für ein Dummkopf bin ich doch, was für ein Dummkopf, warum tue ich das? Da ist er doch gleich wieder mit Leib und Seele bei der Sache. Während. Vielleicht. Während er vielleicht an Geschwindigkeit verlor, hielt ich das richtige Ende, die Geschichte mit der erledigten Hausarbeit (der dahingeschluderten, mit einem Wort) ließ einen unheilvollen Ausgang ahnen. Für ihn. Einen so erfreulichen. Gut, zwar nicht für morgen, er würde schon wieder einen Ausweg finden, mein Gott, ich hätte aushalten müssen, was soll dieser plötzliche Heldenmut!

Aber ich war es ja gar nicht. Es war mein widerlicher Körper, er reagiert unglücklich. Ein Anfall von Aufrichtigkeit. Aufrichtigkeit! So eine Einfalt. Er will auch ein Wörtchen mitzureden haben. Hält er sich vielleicht für stark? Er ist großgeworden, einverstanden. Die Niederlage ist für später, es fällt nicht so auf wie früher, daher glaubt er, hofft er, stürzt sich in den Kampf, ach, das ist schlau, und jetzt bist du genauso schlau wie zuvor, du Kretin, am Ende liegst du wieder zerstört am Boden, wie früher, als du ein Dreikäsehoch warst. Mit einem kaputten Arm dazu. Und einem Gegner, der sich durch den Beweis deiner Ohnmacht regeneriert hat, schau ihn dir an: die wiedergefundene Freude. Und ich, ich, wo bin ich? Ich, ich bin in Einzelteile zerlegt, ich bin nicht eins, ich passe nicht zusammen.

›Und am Morgen hat ihn der Wolf gefressen.‹ Sie ist lustig, diese uralte, kleine, dumme Geschichte, wie sehr sie mich immer wieder berührt . . .

»Du siehst, du brauchst es gar nicht erst zu versuchen, dazu bist du nicht stark genug. Du wirst mich nicht hindern. Du kannst nichts dagegen tun. Ich mag das.«

»Ich nicht!«

»Na los, los, mach schon.«

»Ich hasse dich.«

Er schaut wieder hoch.

»Das ist mir egal.«

Unsere Beziehungen sind wenigstens ehrlich, wie er sagt.

Niederlage Nummer X, ich habe verloren.

»Ich werde dir jetzt mal was sagen, nein, verdrück dich nicht (er hält mich fest), es ist wichtig. Für dich. Es besteht überhaupt kein Zusammenhang zwischen dem und den Gefühlen. Gefühle sind Illusionen. Das hier ist die Realität, merk dir das gut, es könnte dir mal von

Nutzen sein. Ich wünsche dir nichts Böses, ich will nur dein Bestes. Ich konnte dich doch nicht so hängen lassen, das mußt du doch einsehen. Auch wenn du es nicht zugibst. Du weißt, daß ich dir Gutes tue.«

»Nein! Keine Gewalt. Mit Gewalt tut man nichts Gutes!«

»Mach schon, denk, laß dein kleines Köpfchen rotieren. Aber das da, das sagt was anderes, das sagt die Wahrheit, das da. Das macht keine Politik. Sollen wir die Lektion wiederholen?«

»Nein. Laß mich.«

»Du hast wohl Angst, wie? Du hast Angst vor der Wahrheit?«

»Gut, geh jetzt. Du bist frei. Geh und denk nach.«

Ich bin gegangen und habe geweint.

»Aber das war ja ein richtiges Miststück. Es gibt kein anderes Wort«, sagte Marthe.

Ich schlug vor ›Niedertracht‹.

»Gutes tun! Nein, so was! Einem Kind so was zu sagen.«

»Einem Kind, einem Kind, ich war immerhin schon über vierzehn, als sich das zutrug, ich fand mich ganz schön groß. Diese Art von Dünger bringt die Pflanze früher zum Blühen.«

»Damit richtet man doch jemanden fürs ganze Leben zugrunde. Ich finde dich eher hartgesotten.«

Sie weiß nicht alles. Ich würde sagen, daß meine Reste einigermaßen standhalten. »Unzerstörbar, weil zerstört.« Marthe geht im Zimmer auf und ab, eine Wut hat sie gepackt, die bei meinem Publikum, das in den meisten Fällen aus einer Person besteht, nicht ungewöhnlich ist: ich bin so etwas wie ein Barde in dieser Frage geworden, bin aber noch nicht so weit, daß ich Vorträge halte. Noch weniger kann ich genaue topologische Angaben machen, das geht immer noch nicht. Ich habe Marthe lediglich die Unterhaltung wiedergegeben, als Diskussionsgrundlage. Über: Kann man mit Gewalt Gutes tun? Ich war ziemlich intellektuell eingestellt. Obgleich Marthe es eigentlich auch war, entschied sie doch emotional:

»Nein, das ist unmöglich! Wo kommen wir denn da hin?« Das stimmt: wo kommen wir hin?

»Mir jedenfalls«, sagt sie, »ist der Moralunterricht erspart geblieben. Das lief alles stumm ab. Falls man da überhaupt Vorlieben haben kann, finde ich das nicht ganz so schlimm.«

Ich bin froh, daß ich ihr, durch die vergleichende Methode, eine gewisse Besänftigung gebracht habe.

Sie hatte einen ganz gewöhnlichen Bumspapi erwischt, der es spät und nur gelegentlich tat. Reumütig außerdem. Natürlich erst, als er entlarvt war: als Marthe begriff, daß er auch nach der jüngeren Schwester schielte, war sie heldenhaft in die Arena gesprungen und hatte damit Unruhe in der Familie gestiftet. Für sich selbst kann man die Geschichte, so oder so, noch hinnehmen. Für die andern kann man es nicht.

Die Reumütigen mag ich nicht. Sie lassen sich hinterher verzeihen, dazu ist die Reue schließlich da, nicht wahr, und umarmen wir uns und Tränen allerseits und Happy-End und Vertuschung, und die Sache geht aus wie das Hornberger Schießen. Sie verunreinigen das Prinzip.

Aber was mich interessiert, ist eben das Prinzip.

Ich habe das Prinzip bis zum letzten Lebewohl im Reinzustand bewahrt.

Nicht wegen der Rache. Von Gefühlen hatte ich keinen Rest mehr, der nicht zu sühnende letzte Streich hatte alles aus mir herausgekratzt. Ich verlangte nur eins, daß er aus meinem Blickfeld verschwinde. Aus den Augen, aus dem Sinn.

Keine belanglose Rachebefriedigung, kein falscher Zauber, nichts. Keine Schönheitsfehler in der Schlußszene. Was es auch immer sein mag.

Für die Deutlichkeit der Skizze, eben.

VIII

»Was hat er denn?« fragt seine Schwägerin.

»Wieder unbezahlte Wechsel?« höhnt sein großer Bruder.

»Ich glaube eher, seine Letzte hat ihm den Laufpaß gegeben«, sagt seine Frau.

»Scheiße«, sagt Paul mit düsterem Blick. »Wenn ihr glaubt, daß so Heiterkeit aufkommt.«

Mich schaut er nicht an.

Er hat sich nicht mehr an unserem Familiengrab blikken lassen, auch nicht anderswo. Ich habe gewartet und gewartet und gesucht und gesucht. Wenn ich ihm die Tür aufmache, sehen wir uns kaum an, wechseln kein Wort. Inspiration versiegt. Er will mich nicht mehr, wenn ich nicht. Auf einmal habe ich überhaupt nichts mehr im Leben, das ist so traurig, daß ich nicht mehr kann, ich werde noch zusammenbrechen. Ich breche zusammen. Wenn er keine Lust mehr hat, mich ohne Küsse zu sehen, dann bleibt mir nur die totale Verzweiflung, und ich weiß nicht, wie ich darauf reagieren werde. Wahrscheinlich sehr schlecht.

Ich packe den Stier bei den Hörnern. Ich muß wenigstens Bescheid wissen. ›Werden wir morgen...‹, Scheiße, da sind sie schon, ich weiß nicht, ob ich wirklich ein kleines Leuchten in seinen Augen gesehen habe, eine Sekunde später hat er wieder sein altes Gesicht, darin ist auch er geübt.

Er sitzt auf Crochet-Mignon.

Nein, er war mir nicht böse. Er war sich böse, er hätte es nicht tun sollen. Er glaubte, ich sei eingeschnappt, er war unglücklich, das war alles. Sehr.

Ich auch. Sehr, sehr.

Er werde sich nicht aufdrängen. Aus. Es wäre so, wie ich entscheide.

»Da bin ich. Aber ...«

»Ich weiß. Ja, ja, sag nichts, hab keine Angst. Du befiehlst.« Ich tue es. Ich nehme seine Hand. Sie ist brennendheiß.

»Wieder heil?«

»Was? Ach ja. Dazu war ja genug Zeit, weißt du.«

Ich gebe den Weg an, ich führe uns unter den großen Kastanienbaum der Taillandiers, wo wir nicht allzu sichtbar sind, man muß nur ringsum aufpassen. Er muß sich mit dem Rücken an den großen Baum lehnen, ich wühle mein Gesicht an seine Brust. So. Ich fühle mich wohl. Es ist schon so lange her ... oh, Babette.

»Beweg dich nicht«, sage ich.

Ich nehme seinen Kopf in meine Hände. Ich küsse ihn, auf die Lippen, ganz leicht.

»Beweg dich nicht, tu nichts.«

Er bewegt sich nicht, er tut nichts, er läßt alles mit sich geschehen. Ich mache sanft weiter, dann weniger sanft, denn das gefällt mir: ist das die Möglichkeit? Ich packe seine Arme und lege sie um mich. Er drückt.

»Nicht zu fest«, sage ich.

Er drückt nicht mehr so fest.

»So?«

»Genauso. Vielleicht ein bißchen fester?«

Er lächelt. Ich lächele. Wir sind angekommen. Ruhe.

»Ich muß diejenige sein, die. Wenn man über mich herfällt, kann ich nicht, verstehst du?«

»Ich verstehe«, sagt er. »Das ist ganz fabelhaft.«

»Ich liebe dich immer mehr«, sagt er, wieder danach. »Sogar ohne Küsse. Wenn du willst.«

»Ich will nicht.«

›Gefühle sind Illusionen.‹ – Oh, so ein Arschloch! Und wenn die Wirklichkeit überall so blödsinnig ist, was sagst du dann?

»Ich werde das Gelübde des Gehorsams leisten«, sagt Paul. Ich schneide ihm unentwegt mit Küssen das Wort ab: Gott, ich bin keine Unberührbare, Gott, Danke!

»Ich gelobe«, sagt er, »es ist getan. Endgültig.«

So, jeden Tag, an dem das möglich ist, Paul und ich, auf dem Friedhof von Montparnasse, der wirklich ein schöner Ort ist. Im Mai. Schöner als ein staubiger Park voller Weiber mit schreienden, geschüttelten, geohrfeigten, ausgeschimpften Kindern, tu das nicht geh dort nicht hin berühr das nicht. Und viel lebendiger, wenn's erlaubt ist. Es ist die Ruhe, die lebendig ist. Blumen. Vögel. Katzen. Friedliche Menschen, mit Gedanken im Kopf. Die langsam gehen. Und Steine. Die Steine sind lebendig.

Dort hatten wir unsere Ruhe, hinter der großen Zypresse von Bixio, auf Noblecourt und Bigot oder auf Pigeon Galette. Auf Eugène Carrière, Maler, der sich »ruhmreich auf den Tod vorbereitet« hatte, und hoffen wir, daß es ihm gelungen ist. Und unserem liebsten Toten unter seinem Grabstein, auf dem nur geschrieben steht: »Unserem lieben Freund«: da weiß man, daß es wahr ist. Ein ehrliches Grab.

Mein ganzes Leben lang muß immer ich es sein. Ich muß entscheiden, ich muß grünes Licht geben, ich muß den ersten Schritt tun. Wenn man über mich herfällt, büchse ich aus, so ist das nun mal, ein Reflex, das sitzt in den Beinen. Niemand hat das Recht, sich mir ohne Erlaubnis zu nähern. Will man peinliche Irrtümer vermeiden, braucht man sich nur die Mühe zu geben, in den Augen zu lesen. Das ist unfehlbar, müssen Sie wissen. Danach ist man ungehemmt, da besteht gegenseitige Freiheit.

Das ist meine kleine sexuelle Perversion.

»Weißt du, ich bin überhaupt nicht so«, sagt Paul. »In Wirklichkeit, ich meine, normalerweise. Ich bin ein Draufgänger. Ein fieses Stück, ich bin ein Schürzenjäger. Ich mache meine Frau unglücklich, und es kümmert mich nicht, wenn ich ehrlich sein soll, versuche ich die Ehe kaputtzumachen, es war ein Jugendirrtum. Ich will meine Freiheit, ich führe mich sehr schlecht auf, ich bin ein fieses Stück, ich sags dir, du sollst es wissen ...«

»Willst du damit deine Ehre retten?«

»Na ja. Schon. Ich versuch's. Aber es nützt wohl nichts, wie?«

Wir haben ein Haus für uns gefunden. Ein bezauberndes, ganz kleines Grabgewölbe, mittelalterlich, mit Kirchenfenstern und kleinen Säulen wie in den Stundenbüchern. Von dort aus hat man mehr oder weniger die Umgebung im Blick.

»Ich, der ich alles zu wissen glaubte, von ... äh, dem da ... Ich hatte eigentlich nur die Hauptsache vergessen ... Aber du, wo hast du denn dein Wissen her?«

»Ich habe vor dir nie jemanden geküßt.«

Ich höre verspätet meinen Aufschrei gekränkter Tugend, ich werde rot bis über die Ohren, ich spüre sie heiß werden. So eine Schande. Wie kann ich, wie wage ich es. Aber Paul:

»Ach du lieber Gott, nein, das meine ich doch gar nicht, das ist nicht so wichtig. Ich spreche von was anderem. Wie, wie ein Land. Verloren vergessen. In das du mich zurückbringst. Mit Gewalt. Danke«, sagt er.

Er dankt mir! Ungerechtigkeit und Unbill.

»Willst du mich wohl küssen?«

Er würde von sich aus keine Anstalten machen. Nie wieder. Das war die Idylle. Das war's.

Jetzt habe ich ein dreifaches Leben.

Erstens, ein obligatorisches geheimes Leben mit obligatorischen Ausschweifungen und ausweglosen moralischen Problemen hinter einer verschlossenen Tür.

Zweitens, ein offizielles Leben als gute, kleine Schülerin und katholische Pfadfinderin, mit Freundinnen, denen ich von dem ersten nichts erzählen kann, und als Zusatzprogramm der trügerische Schein eines Familienlebens.

Und jetzt sonne ich mich auch noch im Glanz eines zweiten, geheimen romantischen Lebens auf einem Friedhof von ausgemachter Schönheit.

Ich zähle nicht mein altes, geheimes, verträumtes Leben, das ich seit jeher nächtlicherweise führe, mit androgynen Abenteuern, verschiedenen unvollständigen Werken, darunter ein verborgenes Tagebuch. In dem kürzlich ein Engel des Herrn erschienen ist, der mich in seine Flügel hüllt und mich in ein Paradies bringt, das bei Tahiti liegt, von dem ich auf meiner Wand das von Gauguin gemalte und so gar nicht entsprechende Bild habe, mit der Erlaubnis, die Frucht vom Baum des Lebens zu kosten.

Ich fand einen ganz einfachen Trick – und man frage mich nicht, warum ich ihn nicht schon früher gefunden habe. Jedes Ding kommt wahrscheinlich zu seiner Zeit. Zu seiner Zeit zu spät.

Ganz früh am Morgen schon gestiefelt und gespornt, heimlich meiner Mutter auf den Fersen – und draußen! Und zurück genau hinter ihr, Schlag halb eins. So stehe ich unter ihrem Schutz, ob sie es will oder nicht.

Das klappte einmal. Es zeigte sich schließlich, daß der Trick nicht gut war. Nach einer Woche erbitterten Kriegs, aber reden wir nicht davon, es wäre monoton, und ich verdiente es ja auch, nicht wahr, ich war es, die ihn herausgefordert hatte; gerade, als ich hinaus wollte, taucht er lautlos und barfuß im Schlafanzug hinter mir auf, packt mich blitzschnell im Würgegriff, schleppt mich, die ich vergeblich mit allen Vieren um mich schlage, ins Schlafzimmer, wie sich das gehört, und wirft mich aufs Bett. Hände bereit zur bewaffneten Intervention.

»Hast du immer noch nicht begriffen, wie es am Ende ausgeht?«

»Nein.«

Jeder Tag ist ein neuer Tag.

Man nennt das Hoffnung.

»Dann wirst du es gleich verstehen.«

Er ist nervös. Sehe ich nicht Schaum auf seinen Lippen? Vielleicht ist er wirklich verrückt geworden, wegen.

Aber ihn, wer würde ihn einsperren?

Ich habe noch nie erlebt, daß er die Kontrolle verloren hat. Behält noch bei größter Gemeinheit die durchtriebene Ruhe. Ein tapferer Kapitän, der geschickt seinen alten Kahn zwischen den Riffen hindurchsteuert. Nichts ahnend.

»Du gehörst mir. Du verdankst mir das Leben (sein widerwärtiger, schwülstiger Stil). Ich kann mit dir tun, was ich will. Ich kann dich vergewaltigen, wie ich will. Siehst du?«

Diesmal habe ich ein Anrecht darauf. Es wird wehtun (das hat er mir gesagt. Paradox). Hoffentlich macht er mir nicht auch noch ein Kind, Scheiße, ich bin alt genug, (das hat er mir gesagt). Ja, so denke ich, ich bin eiskalt. Anschließend gehe ich mit dem Beweis zur Polizei, meine Mutter stürzt sich aus dem Fenster, und alles ist beim Teufel.

Hoch aufgerichtet in seinem Stolz, hat er seine Hände vergessen.

»Siehst du?«

»Ich bin nicht kurzsichtig!« brülle ich, und während ich das brülle, versetze ich ihm in einer plötzlichen Entspannung der Beine einen gutgezielten Tritt gegen die Kniescheiben (Judo. Paradox), er strauchelt, verfängt sich in seiner Hose, die heruntergerutscht ist, ich gleite seitwärts weg wie ein Aal, während er versucht, sich an den Möbeln festzuklammern, vergeblich, wenn ich dem Krach hinter mir glauben darf, werfe die Tür zu, und draußen ab im Galopp, um in Übung zu bleiben, wobei ich denke: hoffentlich hat er sich ein Bein gebrochen.

Bei den Pfadfindern nennt man mich Atalante. Diesmal habe ich sie wohl geschlagen, wahrscheinlich hatte sie keinen Vater auf den Fersen.

Über einen gewundenen Weg, für den Fall, daß das Wild verfolgt wird, komme ich schließlich auf meinem geliebten Friedhof an. Ich höre auf zu laufen, das schickt sich hier nicht – o Gott, ich bin ohne Höschen durch alle diese Straßen gerannt! Am erstbesten Gefallenendenkmal hingesunken, erstickt von den Tränen: das ertrage ich nicht.

Ohne Höschen vor die Tür gehen müssen, mir das anzutun, ist ihm gelungen. Ich ertrage es nicht.

Ich habe ihn nie so sehr gehaßt.

Ich wage mich nicht zu bewegen. Keinen Schritt zu tun, jetzt, da ich mir des Zustands bewußt bin. Nicht wegzugehen.

Wohin auch?

Zu Douchka geht man nicht ohne Einladung, Sylvie und Claudette haben Brüder, warum sehe ich, wenn ich an die Brüder denke, wie sie mir den Rock hochheben, was sie noch nie getan haben? Im Lokal taucht doch auf einmal der alte Lorenzi auf und hebt mir den Rock hoch. Die ganze Welt hat nichts anderes im Kopf, als mir den Rock hochzuheben. Nach Hause zurückgehen? MEINE MUTTER hebt mir den Rock hoch.

Ich weiß, daß es nicht stimmt, aber die Bilder springen mich an, ich kann nichts dafür, es ist entsetzlich.

Paul. Ja, Paul. Bei ihm bin ich ruhig. Übrigens ist kein Bild gesprungen. Aber wo ist er? Ich habe die Adresse seines Ladens nicht. Bei ihm zu Hause ist Gina. Gina hebt mir den Rock hoch. Selbstverständlich. Warum selbstverständlich? Man müßte eine Untersuchung darüber anstellen, wer den Rock hochhebt und wer nicht. Babette zum Beispiel: nein. O Babette. Nicht einmal ihr Grab ist hier, sie ist in ihre Heimat zurückgekehrt, mit dem kleinen Ehemann.

Nicht wissen wohin ist hart. Aber nicht wissen wohin und kein Höschen anhaben, das ist die unmögliche Unmöglichkeit. Ich bin in der Klemme, erledigt.

Stunden bleibe ich. Ich stehe. Der Stein ist nicht warm auf nackter Haut.

Von Zeit zu Zeit vergieße ich über mein Elend mein Scherflein an Tränen. Ich bin eine zeitweilig aussetzende Quelle. Diesmal hat er mich bis zum Kern geschafft.

Mir ist dort kalt, wo Sie richtig vermuten.

Schließlich fasse ich einen Entschluß. Ich trete zurück. Ich stelle fest, daß ich die vier Unteroffiziere von La Rochelle beweint habe. Etwas spät für die armen Soldaten.

Ich gehe meinen kleinen qualvollen Gang durch die Grünanlage (alle Säuglinge werden mir in aller Unschuld den Rock hochheben). Ihn mit beiden Händen festhalten, außerdem ist es windig heute, es ist wirklich mein Tag, Scheiße, meine heilige Mutter und die niedlichen kurzen Kleidchen, die sie mir näht und sich dabei die Augen kaputtmacht, in meinem Alter und bei ihrem Schamgefühl, aber die Mode ist noch heiliger, man muß davon ausgehen, daß sie stolz darauf sein will, mich schön in Schale zu zeigen, so, das hat sie jetzt davon, sie hat mich gezeigt. Ich gehe vorsichtig um die Hunde herum (die Hunde!). Endlich die Avenue. Das Kaufhaus Monoprix. Abteilung Wäsche.

Ich werde erwischt.

So was klappt nur, wenn man kaltblütig ist.

Sie heben mir nicht den Rock hoch, sie rufen die Bullen. In der Regel kommt alles auf einmal. Die Bullen sind sympathisch, sie versuchen nicht nachzusehen, obgleich man ihnen das Corpus delicti gezeigt hat. Sie wollen nur meine Adresse und wollen wissen, ob ich das oft mache, ich schwöre, daß es das erste Mal ist, sie versuchen nicht, mich unter Folter zu einem Geständnis zu bringen, denn man sieht so deutlich, daß ich mich schäme – und wie ich mich schäme, o wie sehr, daß ich mich habe schnappen lassen. Ich, Doktor phil. clau., ich, Professor! Ich bin bitterböse auf mich. Mildernde Umstände, o.k., Panik, Elend, Moral, o.k., aber. Gerade wenn es einem schlecht geht, muß man die Lage beherrschen.

Man wartet, bis das Telefon zu Hause abgehoben wird. Kein Komfort auf der Bank. Ich klebe fest, reiße mich los, klebe wieder fest. Ich werde die Haut meines Hinterns zurücklassen. Der Vorbeimarsch der Verbrecher bringt mir ein wenig Abwechslung: eine aus ihrer Wohnung vertriebene Alte, der man das Wasser abgesperrt hat, ein Clochard mit einer übel zugerichteten Nase, eine Mutter, deren Sohn im Bau ist, einer, dem der Hund auf den Fußabtreter gepißt hat. Der Abschaum.

Dabei wäre jetzt der richtige Augenblick, um zu sagen: »Mein Papa hat mich ...« (er hat mir mein Höschen ausgezogen und deshalb). Ich kann mich nicht dazu entschließen. Die Komplikationen, wenn ich erklären sollte, warum ich ins Monoprix gegangen bin, statt die Schublade aufzuziehen.

Ich werde von einem Zivilen an der Hand nach Hause gebracht, mit guten Ratschlägen, nicht wieder anzufangen, und wer ein Ei stiehlt, stiehlt auch zwei. Mein Vater hat wieder einmal gelogen, die bumsen einen nicht jedesmal.

Wenn meine Mutter allein zu Hause gewesen wäre, vielleicht hätte ich mich schluchzend und Mama Mama heulend ihr in die Arme gestürzt! Gut, sie fordert die Demonstration nicht heraus, hat es eigentlich nie getan, und in Anbetracht der Kriegsfolgen hat es nie getaut, und inzwischen ist mir die Gewohnheit abhanden gekommen, aber wer weiß, bei echtem Drama und der Polizei.

Er ist da, ganz ruhig, ohne Schaum auf den Lippen. Kurzum, er selber. Ich hingegen nichts, niemand.

»Und was hat sie gestohlen?« fragt meine Mutter als erstes.

Hoffentlich sagt er es nicht, hoffentlich sagt er es nicht!

»Pah, eine Lappalie.«

Schade, daß er es nicht gesagt hat, schade, daß er es nicht gesagt hat. Dann hätte man klargesehen.

»Einen Slip.«

Entsetzlich, er hat es gesagt. Die Luft ringsum ist fest geworden.

»Gut, die Herrschaften, ich werde erwartet. Sie haben Ihre Tochter wieder, und es wird keine Anklage erhoben, also . . .«

Ich wage nicht, sie anzuschauen. Aber ihn, ja: ein Gesicht, als ob überhaupt nichts wäre, auch wenn ich ihn anstarre wie eine Waffe.

»Aber warum«, bringt sie endlich heraus.

Ach ja: warum.

Oh, ich könnte jede Menge Gründe erfinden, meine sind altmodisch, das Gummi ist gerissen, sie ist heruntergefallen, ja, das, das ist vorzüglich. Nur, immer dasselbe: ich WILL ihm keine Hintertür offen lassen. Ich KANN es nicht sagen.

Wir haben uns beide, meine Mutter und ich, in unser schönes Schweigen verkrochen.

Ich nutze die Gelegenheit, um auf mein Zimmer zu flitzen. Stoße die Tür auf, ziehe die Schublade auf, streif mir was über, schnell getan. So. Jetzt kann ich jeder Gefahr trotzen. Wovon das Schicksal manchmal abhängen kann. Von einem elenden Fetzen Stoff. Meine ganze Würde da drinnen. Mir wird klar, daß ich damit auch mein Beweisstück verloren habe. Das Nichtstück. Aber sie hat mir nicht den Rock hochgehoben. Es stimmt, ich habe nichts unterm Gürtel, ich hätte daran denken sollen. Aber ihn selber hochheben . . . zum Beweis . . . ich lache allein vor mich hin bei dem Bild, wobei ich mir die Größe der Szene vorstelle: Hypokrit drei (ihren Rock hochhebend): »Hier, deshalb.« Ein schöner Schlag. Aber nein, das ganze Geheimnis würde verlorengehen. Abgeschnitten. Er hätte sich in jedem Fall aus der Affäre gezogen. Und zwar auf meine Kosten. Und tatsächlich höre ich nebenan:

»Man sollte vielleicht kein Drama draus machen. Außerdem wird die Polizei eine Lehre für sie gewesen sein . . .«

Wunderbar, wunderbar, er hat was gefunden! Man vertuscht, man macht sich aus dem Staub: das Corpus delicti ist aus dem Weg geräumt. Von der Polizei.

»Zumal sie nicht allzu begabt dafür zu sein scheint . . .« (das ist für mich bestimmt, er weiß, daß ich ihn höre).

»Kein Drama, stehlen?« sagt sie, ganz verblüfft über soviel Liberalismus bei einer so verbrecherischen Angelegenheit.

Dennoch bleibt nur noch das Wort. Ohne Satzergänzung.

»Komm her! Brauchst dich gar nicht zu verstecken. Wirst du jetzt sagen, warum du es getan hast? Dir fehlt's doch an nichts, wie ich meine.«

So ist ihr kein einziger häßlicher Gedanke durch den Kopf gegangen, sie wehrt sich nur gegen imaginäre Vorwürfe, ach, wie wenig pervers sie doch ist!

»Was ist denn in dich gefahren? Antworte! Wirst du jetzt antworten, ja oder nein?«

Sie kann nicht locker lassen. Ich mache sie verrückt. Mein Gott, ich verstehe sie ja: ich bin einfach unmöglich. Ich bin, liebe Mutter, im Unmöglichen.

»Meine Tochter, eine Diebin geworden! (ihre Ehre).«

»Nun hör doch, es war vielleicht das einzige Mal . . .«

Der nachsichtige Löwe, das Entgegenkommen, irgend etwas, um den Brand zu löschen. Ach so, wenn man zu sehr auf mich einschlägt, könnte ich, wer weiß, vielleicht zurückhauen, er verliert nicht den Kopf. Bestimmt hat auch er Schiß gehabt.

»... aber es darf natürlich nicht in Kleptomanie ausarten« – immer nur her mit den großen Worten, uns gehören Wissenschaft und Technik.

Und der Psychiater kreuzt im Gespräch wieder auf: Zukunftsvorkehrungen. Aus Furcht vor den Gendarmen und der Entehrung wird meine Mutter schwach. Senkt traurig den Kopf. Sagt nicht nein. Er hat gewonnen.

Wie soll man beweisen, daß man nicht verrückt ist, wenn man dafür gehalten wird?

Monsieur. Sie kennen sicherlich diesen Witz: Woran erkennt man einen Verrückten? – daran, daß er beteuert, keiner zu sein.

Und wenn ich erkläre, daß ich einer bin, wie lautet dann die Diagnose?

Monsieur. Ich weiß nicht, ob ich verrückt bin oder nicht, bedeutet das dann, daß ich es bin oder nicht?

Auf jeden Fall kann ich Ihnen sagen, wer in dieser Familie wirklich der Verrückte ist – da gehe ich direkt aufs Ziel zu: die ganze Familie ist verrückt, außer mir.

Das machte mich plemplem.

Nacht für Nacht führte ich mit meinem Traumpsychiater Zwiegespräche im Kopf. Albtraum.

Man kann sich stundenlang darin im Kreise drehen, und am andern Tag war ich groggy. Eines Tages würde ich noch einen Tobsuchtsanfall bekommen, mit Zwangsjacke.

Auf jeden Fall, zum Psychiater wird man von den Eltern gebracht, und man spricht nur in ihrer Gegenwart, folglich kann man dem Kerl nicht mal was sagen.

Man hat kein Privatleben.

»Na, es hat den Anschein, daß du dein Glück mit der Jugendkriminalität versucht hast?«

Paul, in keiner Weise beeindruckt.

»Haben sie mich verpfiffen?«

»Das ist immerhin ein Ereignis in der Familie.«

»Meiner Meinung nach ist es eher eine Familie mit Ereignissen.«

»Ich kann dir versichern, daß du nicht die erste bist. Um nur von mir zu reden.«

»Hast du es auch gemacht?«

Es ist mir ein Vergnügen, Monsieur, Sie im selben Topf anzutreffen.

»Oh, ich habe so allerhand angestellt, ich habe dir doch gesagt, daß ich ein fieses Stück bin.«

»Ich fürchte, ich werde auch mal so werden . . . Ich habe überhaupt nicht das Gefühl, daß das schlecht ist.«

»Schlecht ist nur, sich schnappen zu lassen.«

»Streite ich nicht ab. Deswegen schäme ich mich auch. Ich war Meister darin, es ist das erste Mal, daß es schiefging.«

»Nun, du mußt deine Technik verbessern. Was war's, ein Fahrrad?«

»Äh . . . eine Lappalie, sag mal, wir werden doch nicht unsere ganze Zeit mit der Familie vergeuden?«

Ausflucht: selbst ihm kann ich es nicht sagen.

Ihm noch weniger.

Und auch keine Ausflucht: Zeit haben wir kaum und nicht genug und immer weniger, sie rast mit einem irren und rasenden und unsichtbaren Tempo dahin, man verliert sich dabei mit Leib und Seele, es ist immer später, als man denkt.

Bei den guten Dingen ist es immer später, als man denkt.

Diese Geschichte war zur Kurzlebigkeit bestimmt, und sicherlich wußten wir das, es war ihr eingeschrieben und Teil ihrer Schönheit.

»Hör zu«, sagt der Gebieter, diesmal in meinem Zimmer auf meinem Sofa sitzend. »Wir werden eine Vereinbarung treffen (wir! die Demokratie!). Ich kann dich einsperren lassen, bei den Verrückten. So (Fingerschnalzen). Das ist mein Recht. Völlig legal – du hast die Neigung, manchmal zu vergessen, daß ich dein Vater bin. Eine kleine Unterschrift, und du bleibst dort, bis du volljährig bist.«

Zweitausenddreihundertachtzehn Tage, ich führe Buch.

»Und noch länger. Denn wenn man erst mal drin ist, kommt man in der Regel nicht mehr heraus. Erst recht nicht, wenn man aufbegehrt. Man ist sein Leben lang minderjährig.«

Ich glaube, ich bin blaß geworden.

»Ich«, sagt er, »brauche das. Es überkommt mich einfach, da kannst du nichts dagegen tun. Es ist meine Art, dich zu lieben, wenn du Wert auf Ausschmückungen legst. Und das ist gar nicht die schlechteste Art, es gibt Schlimmeres. Die Ehe zum Beispiel.«

Das Miststück!

»Ich kann auch den Psychiater rückgängig machen, auch da brauche ich nur ein Wort zu sagen. Und du, laß dich nicht auf so blödsinnige Weise schnappen, wenn du eine allzu große Dummheit machst.«

Natürlich bin ich's, die die Dummheit gemacht hat.

»Also, die Vereinbarung ist die: du gibst mir das, freiwillig. Ohne Geschichten zu machen. Und keine kleinen Skandale und keine Durchtriebenheiten, um auf Umwegen die Aufmerksamkeit auf dich zu lenken, wenn du glaubst, ich durchschaue deine Machenschaften nicht, dann unterschätzt du mich. Außerdem haut das nie hin, gib die Hoffnung auf, Kleines. Nur das, mehr nicht – die Geschichte von neulich morgens war nur, um dich zu strafen. Nur eine Demonstration, du bist dumm gewesen, meine Worte ernst zu nehmen, ich hätte es nicht getan. Ich bin nicht daran interessiert. Zudem bist du nicht einmal eine Frau.«

Glück, Glück, ich bin keine Frau! Daß ich es nie werden möge!

»Für dich ist das soviel wie nichts. Nicht oft, nicht sehr lange, und, wenn du gestattest, gar nicht so mühselig. Zum Austausch für diese seltenen und kurzen Augenblicke des Glücks für mich: die Freiheit für dich. Ein angenehmes Leben. Alles, was du dir wünschst. Es ist ein ehrlicher Handel. Vorteilhaft, finde ich. Du kannst nur gewinnen, wenn du vernünftig bist, du siehst, ich appelliere wieder einmal an deine Vernunft, ich hoffe, dir ist ein Rest geblieben. Es liegt nun an dir herauszufinden, was für dich am besten ist.«

»Ich erwarte deine Entscheidung in meinem Zimmer«, sagt er.

»Aber mach nicht so lange«, sagt er. »Die Verabredung ist für heute nachmittag.«

Er geht hinaus.

›Meine‹ Entscheidung.

Das Interesse der Arbeiter ist es zu arbeiten: als für mich die Zeit gekommen war, die Zeitungen zu lesen, erinnerte mich das an meine Kindheit. Rede des Arbeitgebers an die Streikenden.

Arbeitet zuerst, dann wird verhandelt.

Andererseits, man verhandelt nicht, wenn man mit der Waffe bedroht wird...

Aus freien Stücken, mit Angst im Bauch.

Nur, ist man einmal da angelangt: nichts und niemand.

Er hatte die Einheit bei mir hergestellt. Ich war endlich einstimmig. Ganz auf Null.

Ich kann so wenig dagegen tun, daß ich fast versucht bin, mich zu entschuldigen: sorry, Sir.

Übrigens ist ihm klar geworden, daß es nicht »meine Schuld« war.

Du hast dein Spielzeug kaputtgemacht, Alter.

Für meinen Onkel

In unserem mittelalterlichen Grabgewölbe (der hier unten liegt, ist der berühmteste Millionär der Welt, wir verweigern uns nichts) klammere ich mich an Paul, wahnsinnig glücklich, wieder lebendig zu sein. Mit ihm lebendig. Und dieser Schwachkopf hört nicht auf, mich um Verzeihung zu bitten, ich dürfte dich nicht auf diese Weise lieben, aber ich kann nichts dafür . . . Ich sage:

»Ich jedenfalls bin froh, daß ich dich liebe, ›auf diese Weise‹, wie du sagst, muß ich dich deshalb um Verzeihung bitten?«

»Aber nein, du nicht! Du, du bist nicht, ich bin . . .«

»Erwachsen, groß, stark, aufgeklärt. Verantwortlich! Und ich bin klein schwach unwissend rein naiv aufrichtig . . .«

»Nein, nein, hör auf damit«, versucht er vergebens, mich aus dem Konzept zu bringen, aber ich bin wütend.

»Sind wir nicht gleich? Und du hast mich verführt, pervertiert, verderbt, korrumpiert . . .«

»Erbarmen, halt ein! Ich beuge mich. Vor dem Reichtum deines Wortschatzes.«

Der Ärmste, wenn er wüßte, woher ich den habe, aus welchem Wörterbuch, wenn der Unglückliche wüßte, wie ich ihn über mich täusche, und überhaupt, wer ist hier naiv? Und wie sehr hätte ich ihn um Verzeihung zu bitten, daß ich ihm seine Illusionen lasse!

»Ich meine das ganz im Ernst, ich bitte dich wirklich um Verzeihung.« Aber er schüttelt lächelnd den Kopf, er kann nicht glauben, daß ich, ein Kind, reifer sein könnte als ein verdammter Erwachsener. Dabei kann der so unschuldsvoll sein.

»Du bist ein Idealist.«

»Beschimpf mich nicht. Ich halte Kinder nicht für Engel, glaub mir, ich weiß, daß sie keine sind, außerdem bist du kein Kind mehr. Aber angefangen habe ich nun mal. Auf diesem Weg hier.«

»Aber nein, ich war's.«

»Nein, ich war's.«

»Auf jeden Fall will ich weitermachen. Auf diesem Weg.«

Ich prüfe ihn. Ich bin jetzt nicht scharf auf Theorie, ich will spüren, daß ich lebe. Leider kommen Stimmen näher. Wir gehen weg, um das kleine Haus des Nachbarn zu besichtigen, das ganz mit Türkisgirlanden geschmückt ist und den Umweg lohnt, obgleich es nicht so ganz der Augenblick ist. Manchmal muß man Tourist sein.

Auf manchen Gräbern liegen kleine Kieselsteine, man könnte meinen, absichtlich. »Aber ja«, sagt Paul: »das sind die Neffen aus Brooklyn, die zu ihrem Onkel sagen: ›Ich bin gekommen, um dich zu besuchen.‹« Ich verspreche, daß ich kommen werde, um ihm Steine hinzulegen, wenn ich aus Amerika zurückkomme, in hundert Jahren.

Für meinen Onkel.

»Schwör mir, daß du dich hier begraben läßt.«

»Also das ganz bestimmt nicht. Ich will dir ja gern eine Freude machen, aber ich bin nicht versessen darauf, hier bis zu meinem Tod zu versauern.«

»Du wirst doch nicht fortgehen, sag?«

»Nein, nicht sofort. Nein: nicht, wenn du nicht willst.«

»Ich will nicht! Ich brauche dich! Du weißt ja gar nicht ...«

»Was weiß ich nicht?

Der andere da hinten, die geduckte Spinne, läßt die Beute nicht los. Ist hartnäckig. Die Hoffnung. Das wird wieder in Ordnung kommen, es muß, die Wahrheit ist unten, nicht oben, das Geschlecht ist allmächtig, die größte Kraft der Welt, hat er mir das nicht immer wieder gesagt, als ich klein war? Er weigert sich zu glauben, daß das Geschlecht seine Mission verrät. Daß ihm, seinem Diener, ein solcher Schimpf zustoßen kann. Daß er nicht Gewinner ist. Obgleich er alle Waffen besitzt. Das ist ungerecht. Diese Ungerechtigkeit erträgt er nicht, das macht seine ganze Philosophie zunichte.

Ich, Abmachungen streng eingehalten, hab mir nichts vorzuwerfen. Sorry, Sir.

Die alten Wörter des Repertoires stören mich nicht einmal mehr. Sie sind nur dumm. Er versucht's mit Schlägen. Es ist allgemein bekannt, daß das zu Ergebnissen in den Büchern führt. Und auf diese Weise bekomme ich meine erste Tracht Prügel. In meinem Alter! Lächerlich. Wird er mich festbinden? Das wäre ein Riesenspaß.

»Das ist doch saublöd«, sage ich zu ihm. »Das liegt mir ganz und gar nicht.«

»Du tust es absichtlich. Du bist pervers!« erklärt er mir. Paradox? Schwindel?

»Aber keineswegs, ich bitte dich, das wäre doch unvernünftig. Es ist nur deine Schuld«, sage ich. »Du hast den Blödsinn gemacht. Du bist eben zu weit gegangen. Zuviel ist zuviel, das Bessere ist der Feind des Guten, man greift Fliegen nicht mit dem Fallhammer an.«

Die neue Sachlage hat mir zumindest das Wort gelöst: die Freiheit der Fliege unterm Fallhammer.

Als er sieht, daß alle seine Finten nicht mehr ziehen,

unternimmt er einen strategischen Rückzug: er will die Drohung zurücknehmen, versprochen. Ich denke ruhig nach.

»Aber wie sollte ich dir vertrauen können? Wir müßten zum Notar: Ich erkläre hiermit, daß meine Tochter geistig gesund ist, was immer ich später auch behaupten mag.«

Er bittet mich! Bald wird er zu flennen anfangen. Scheiße.

»Warum machst du mich unglücklich?«

Mann, ist das ein Vergnügen.

Korruptionsversuche: hochwertige Spiele, Bilder, Bücher. Meine Schlittschuhe! Ein Fahrrad! Noch ein paar Jahre, und ich würde meinen Nerzmantel bekommen.

Aber das teilt sich »da« nicht mit.

Genau besehen, ist das nicht mein Treibstoff, ich bin nicht so käuflich, wie ich hoffte.

Ich spüre, daß ich moralisch bin bis ins Mark.

Und gerade deshalb gehe ich mir ungeheuer auf die Nerven. Werde ich zu sagen wagen, daß es schlimmer ist als zuvor? Nein, ich wage es nicht. Trotzdem macht es mir Spaß, ihm wehzutun.

Meine Mutter kann diese plötzlichen Verhätschelungen nicht fassen. Wundert sich, runzelt die Stirn: Sollte sie angesichts seiner großen Nachsicht allmählich einen Verdacht schöpfen, den die übertriebene Strenge nicht auszulöschen vermocht hat? Ein Kind bösartig zu behandeln ist normal, es nett zu behandeln ist verdächtig.

Wird ihn die Wut mitreißen? Oder hat er nichts mehr zu verlieren? Er zieht wieder in den Krieg. Tagada tagada.

Aber der Krieg. Wie soll man sagen.

Er hat seine Kräfte verloren (womit wird man sie ihm zurückgeben?). Der Krieg kommt mir heute kindisch vor. Das Verlangen nach Mamas Lächeln, dududu, was für ein Baby war ich doch. Baby bin ich nicht mehr.

Ich werde von Kugeln getroffen, aber nicht mehr verwundet.

Die Ziege von Monsieur Seguin blutet nicht mehr, Monsieur. Ich schaute. Ich beobachtete. Wenn es mich inspirierte, schrieb ich es auf.

Ich war Kriegsberichterstatter geworden.

Meine Mutter tat mir nicht mehr weh.

Hatte ich aufgehört zu lieben?

Es blieb mir genug Liebe, um sie nicht aus dem Fenster zu stoßen.

Das war eine sehr große Leidenschaft gewesen. Die Kapitaleinlage war zu bedeutend gewesen, um so schnell verbraucht zu sein.

Ich würde unser kleines Geheimnis von der Tür dahinten für mich behalten, einverstanden?

IX

Leute gingen vorbei, mit Blumen. Wir haben uns vor Baudelaire aufgepflanzt. Das ist praktisch, ein Friedhof für Berühmtheiten, da wimmelt's nur so von Vorwänden. Kehrseite, es gibt auch Leute in Hülle und Fülle. Sogar ein Leichenzug kam heran. Unerhört. Paul sagt leise zu mir: »Mein Kind, meine Schwester, denk an die Süße, gemeinsam dort zu leben« . . . Ja, ja. Ich sage:

»Warum nehmen wir eigentlich nicht deinen Schlitten und fahren aufs Land. Dort hätten wir mehr Ruhe.«

»Du hast keine Zeit.«

»Du hast sicherlich bemerkt, daß ich nicht mehr vollkommen bin. Selbst wenn man mich ausschimpfte, ich eins auf den Deckel bekäme, es wäre mir ganz egal.«

»Nein.«

Paul, schneidend.

»Ich will nicht«, sagt er.

Es ist das erste Mal, daß er mir gegenüber diesen Ton anschlägt.

»Ich will nicht, daß wir unsere Ruhe haben.«

»Ich bin gefährlich.«

»Und du auch.«

Hinter den kleinen Säulen unseres Lieblingsmillionärs hält er mich auf Sicherheitsabstand.

»Hör zu, ich muß dir etwas ganz Einfaches sagen: ich will dir nicht wehtun. Selbst wenn du es bist, die befiehlt.«

»Hör zu, ich muß dir etwas noch Einfacheres sagen: du tust mir gut. Selbst wenn du's nicht merkst.«

»Kann sein. Aber hör trotzdem zu, wir sprechen zwar nie darüber, aber wir dürfen auch nicht so tun, als gäbe es das nicht: ich bin immerhin dein Onkel.«

Da, also da fange ich an zu lachen, wie eine Irre. Ich biege mich. Mir kommen die Tränen, ich kann mich nicht mehr auf den Beinen halten, ich falle ihm entgegen, und er sagt: »Was ist denn los mit dir, was ist denn daran so komisch!« und packt mich plötzlich bei den Schultern, hält mich von sich weg und schaut mir, wie soll ich sagen, wild in die Augen. Und ich versuche ihm mit den meinen wild, verzweifelt zu antworten. Bekomme aber kein Wort heraus. Er auch nicht. Wir sind uns noch nie so nahe gewesen. Dann drückt er mich, fest und ohne Erlaubnis, aber es ist nicht dasselbe, nicht die Ungeduld von zuvor – eines Augenblicks zuvor – es ist die Innigkeit. Die innige Freundschaft. Packt meine Hand, führt mich mit großen Schritten zum Tor. Als könne er es nicht mehr aushalten. Dort dreht er sich nach mir um, sagt, wütend, ohne daß es ihm gelingt zu lächeln: »Ich liebe dich wirklich. Vergiß das nicht.« Und geht sehr schnell weg, in seine Richtung.

Habe ich's ihm gesagt?

Hat er's gelesen?

Ich werde nicht mehr ins Zimmer des Verbrechens vorgeladen. Auch nicht mehr gequält, zu Erklärungen aufgefordert, nicht einmal mehr angesehen. Mit Verachtung gestraft.

Hat er verzichtet? Gibt er sich geschlagen?

Er? Man darf nicht träumen.

Ich bin nicht so scheinheilig, mir völlig den Anteil zu verheimlichen, der, bei meiner moralischen Wiederaufrichtung, weder dem Fallhammer noch meiner Tugend zukommt. Sondern Paul, der, soll ich das heilige Wort gebrauchen? Ach was, ich sage es: der Liebe.

Obgleich ihre Unerfülltheit die Regel war und Teil ihrer Wesensart, wie ich heute sagen würde, versetzte mich diese Macht, die uns umschlungen hielt, in eine radikale Wirklichkeit, die die angebliche meines Vaters in die Bedeutungslosigkeit zurückwarf.

Die er gottesfürchtig Erotik nannte.

Nicht etwa, daß es keine bemerkenswerte Mechanik ist, ich hätte den geringsten Grund, es zu leugnen. Bemerkenswert. Mechanisch.

Aber: es gab eine andere Welt. Und zu der gehörte ich nicht als Zubehör, sondern ganz und gar.

Gegen die sich wiederholende Zerstückelung und während er befürchtete, mich auf Abwege zu bringen, bildete Paul einen Schutzwall für mich.

Ich nannte ihn im Stillen »Meinen Weg der Erlösung«.

Und nicht nur im Stillen, als ich, mit dem Gebrauch des Worts und nachdem ich den Beruf des Tragödienschreibers aufgegeben hatte, die Zange ergriff, die das Werkzeug des Erzählers ist.

»Mein Onkel hingegen hatte die Waffen gestreckt. Sicherlich liebte er mich. Als unsere Romanze entdeckt worden ist . . .«

»Auch noch dein Onkel?« sagte die junge Karen, entzückt.

»Ja und, war das nicht ein moralischer Fortschritt? Und auf diese Weise bin ich am Ende der Familie schließlich ganz entwachsen.«

Das machte den Leuten großen Spaß, diese Sünde, die stufenweise kleiner wurde.

»Hattest du keinen Bruder?«

Das ist Dona. Ich schaff's einfach nicht, sie abzuhängen: wenn ich glaube, ich hätte mich längst vom Feld gelöst, erwartet sie mich bei der Ankunft mit ihrem Katzenlächeln, das erinnert mich an die Ziegen, die ich früher gehütet habe; wenn ich ganz sicher war, sie dort auf der Wiese eingepfercht zu haben, fand ich sie vor dem Haus wieder, wo sie mich grinsend erwarteten. Während die andern noch dabei sind, ihren Speichel runterzuschlucken, sagt sie: »Du erzählst nicht schlecht.« Aber sie läßt sich nicht bluffen von meinen Zangeneffekten. Sie kann die Form lesen: sie ist eben Dichterin. Deshalb mag ich sie: das Vergnügen am Ende der Besteigung, auf dem gegenüberliegenden Hügel sitzend die Gleichgesinnte im Spott, ihrem (sagen wir es schnell) persönlichen Galgen entronnen, auftauchen zu sehen. Die »zu allem fähige« andere.

Die Coups, die wir in unserer frühen Phase der Kapitalansammlung gemeinsam gelandet haben, und besonders diesen hier: ›Du bist zu allem fähig‹ – ›das will ich doch hoffen‹, in zwei Sprechblasen auf Weiß, und in der darauffolgenden Woche (die Schubladenwerbung war unsere Spezialität) zeigte das Bild eine bekleidete Frau, die auf einen nackt in seinem Bett liegenden Mann eine Waffe richtete, aber nicht um ihn zu vergewaltigen, sondern um ihm die Laken X zu klauen. Tricks dieser Art. Und am Ende unser Schwanengesang: ›Die absolute Waffe?‹ Auf Weiß, und die Woche darauf, in Riesenlettern: ›DAS GEWISSEN.‹ Auf unsere Kosten und ohne Illusionen, aber die braucht man gar nicht zu haben, um es zu versuchen, sagt Guillaume. Und anschließend, den Schlüssel unter die Tür, sind wir losgezogen, uns mit dem zu beschäftigen, worauf wir schon immer Lust gehabt hatten. Bei mir war es damals mein Theaterstück.

Dona hat auch Grund zum Lachen, das stimmt. Nicht das Recht der ersten Nacht, aber immerhin hat sie eine verdammte Niedertracht einzustecken gehabt, auf jeden Fall ist sie bei den Verrückten gewesen, sie haben sie dorthin geschafft. »Oh, ich habe eine Dummheit gemacht«, gibt sie zu, »ich bin nicht nur geschnappt worden, ich habe auch ein Geständnis abgelegt. Triumphierend. Mein Stolz. Das Triumphierende haben sie nicht geschluckt. Die Würde kostet was. Auf die hat man kein Anrecht.«

»Keinen Bruder, nein. Bedauerlicherweise.«

»Optimistisches Bedauern!« ruft Karen. »Die älteren jedenfalls. Sie können gefährlich werden, es kommt vor, daß sie Papa tatkräftig Beistand leisten, und dann muß man im Duo mit ihnen ins Bett gehen, kein Vergnügen, das kann ich euch sagen, ich habe eine Freundin, ach was, Scheiße, diese Freundin bin ich selber, Danke, sagt sie wegen des hingehaltenen Glases, aber nicht nötig, es geht. Ich nehme sogar keine Drogen mehr.«

»Ihr seid wie gepanzert«, sagt Ruth. Unsere Verschonte.

»Das müssen wir sein«, sagen Dona und ich im Chor.

Wir stellen, als neue Leporellos, einen Katalog mit den Eroberungen des Padrone auf. Geordnet nach Symbolfällen, bis jetzt sieben an der Zahl. Wir fügen väterbrüderlich hinzu. In unserem auf Abwege geratenen Brainstorming brüten wir über einem Monsterplakat. Titel: ›Mein Papa hat mich ...‹ Gezeichnet vom Ehemaligen. Draußen schreien die Käuzchen, zirpen die Grillen und schnuppen die Sterne.

»Und die Großväter?« ruft Ruth. »Die dürfen nicht vergessen werden, die Großväter, soviel man weiß, sind sie nicht die letzten. Ich kenne eine, die schöne Augenblicke ihrer frühen Kindheit auf Knien verbracht hat, von denen man nie genau weiß, ob sie so sind oder anders. Ich neige zu anders.«

Keinen Bruder, keinen Großvater als Anhängsel, ich kam mir allmählich vor wie ein Waisenkind.

»Richten wir eine Spalte für Großvater ein?«

»Ich bin mir nicht ganz sicher, ob das wirklich unsere Zielscheibe ist.«

»Aber zum Kotzen ist es trotzdem!«

»Das ist hier gar nicht die Frage«, schaltet sich Jason unvermittelt ein. Wir hatten ihn in seiner Ecke vergessen, weil wir davon ausgegangen waren, er schwebe als Einzelgänger über uns und unsere Mädchengeschichten interessierten ihn nicht. Nicht einer unserer Intimfreunde übrigens, nur ein Kollege, der da ist, weil uns das Bedürfnis, uns aus einer ganz beschissenen Lage zu befreien, alle zusammen in ein Auto gedrängt hat, und ab nach Süden, ohne was im Kopf. Die Papas waren an diesem Abend rein zufälllig aufgetaucht, nach einem Zechgelage.

»Soll ich sie draufsetzen oder nicht? Auf die Liste?«

»Mach einen Anhang«, sagt Dona, »für die Großväter, die Seitenlinien, Ammen, Freunde der Familien, Treppennachbarn, Metrobenutzer ...«

»Es müßte auch eine Stufenleiter geben«, sagt Ruth, »wer am blutschänderischsten ist, der Onkel oder der Bruder? Oder der Großvater?«

»Das ist mir ziemlich egal, wer der blutschänderischste ist. Die Blutschande ist mir egal!« verkünde ich.

»Ganz klar«, unterstützt mich Jason, der jetzt voll dabei ist. »Das ist doch nicht der Punkt.«

»Aber worüber reden wir denn?«

»Sagt mal, habt ihr nur Mädchen in eurem Club? Ich möchte nämlich wissen, ob ich gegebenenfalls auch das Wort ergreifen darf.«

Und da bleibt uns der Schnabel offenstehen mit unserem Weiberzentrismus: Jungens hatten wir überhaupt nicht in Erwägung gezogen. Mitten in der Stille fügt er noch hinzu:

»Wir haben nämlich auch Väter.«

Nochmals offener Schnabel: wenn Jungens, dann hätten wir das von den Müttern erwartet. Ach, der Konsens! Schande über uns. Ich schleppe noch andere Flaschen an, zur Wiederbelebung.

Welcome, Bruder.

»Ich habe einen Vater«, sagt Jason, »der meinen Hintern liebt. Als ich ganz klein war, hat er mich gepudert, und er hat mich gebadet, und lange Zeit, bis zu einem relativ hohen Alter, bin ich wahrscheinlich der Junge mit dem saubersten Arsch Frankreichs gewesen. Oh, was für hübsche kleine Pobacken mein Baby hat! Sein Baby. Mir wuchs schon fast ein Bart.«

»Er hat nicht unrecht, du hast wirklich schöne kleine Pobacken«, sagt Karen.

»O Scheiße. Wovon redest du, du hast sie doch gar nicht gesehen.«

Niemand hat sie gesehen. Jason zieht sich nicht mal am Strand aus und geht auch nicht ins Wasser.

»Ein Jungenhintern ist eben was Schönes«, sagt Karen.

»Also gut, ich mache euch die Ehre. Es ist eine Premiere, ich habe ihn noch nie vor den Leuten gezeigt, ich muß wirklich ganz schön besoffen sein. Wenn ihr glaubt, nur ihr könntet ihn nicht aufmachen ...«

Also hatte auch Jason eine gelähmte Zunge im Mund? Dieses Großmaul, wer hätte das gedacht.

»Ich glaube, einem Mann geht das noch schwerer über die Lippen als euch. Unser männlicher Stolz, kennt ihr den?«

Also gäbe es unter den »Dingen, über die man nicht spricht«, Dinge, über die man noch weniger spricht. Und das bedeutet, daß man noch viel weniger über sie weiß.

»Also unterbrecht mich nicht, es fällt mir so schon schwer genug, wo war ich stehengeblieben? Bei meinem Hintern. Ich hasse das Wort. Er schwenkte mich in der Luft und drückte mir vor allen Leuten, die begeistert waren über soviel Liebe, kleine feuchte Küsse drauf. Väterliche, klar. Ich rutschte ihm immer aus den Armen, ein richtiger Aal, dort muß ich meine Speläomanie bekommen haben. Ich verkroch mich in alle Löcher. Er angelte mich wieder hervor. Er war gedeckt: durch »mein Wohl«. Verboten, die Badezimmertür zu verriegeln, wegen meiner Sicherheit, so bin ich nach Jahren der Schrubberei zu einem Ungewaschenen geworden (aha, das erklärt alles). Stieß mich in den Hintern, damit ich die bösen Felsen hinaufkletterte: du wirst ein Mann werden, mein Sohn, am Strand nackt, wegen der Gesundheit, ließ mich nicht aus den Augen, um mich zu beschützen. Gegen die anderen Papas wahrscheinlich. Weil ich ständig in seinem Blickfeld war, fror ich mitten im Süden auf der Île du Levant und mummte mich ein wie ein Eskimo. Das war meine ›krankhafte Scham‹. (Deshalb ist er kälteempfindlich wie eine Katze, ich hatte Drogen vermutet, ach, die leichtfertigen Urteile!) Und ich mußte immer ganz dicht vor ihm stehen: die Zuneigung. Aber von dort, wo ich stand, konnte ich seine Zuneigung besser beurteilen. Nur, ich war der einzige, der Bescheid wußte, und wenn ich gepetzt hätte, hätte man mich Ödipus genannt. Er, ganz ruhig, mit einem Gesicht, als ob nichts sei, gutes Lächeln guter Papa unter seiner schützenden Tarnung. Unfaßbar. Und falls ich mal den ›Bösen spielte‹, wurde die Papaglucke in Sekundenschnelle zum Papaschwein, Hosen runter und Hiebe auf den Hintern. Auf seinen Knien, wie in der guten alten Zeit, mit einhelliger Zustimmung: das ist noch ein Vater. O ja, er war ein richtiger. Vor allem auf den Knien . . . Kurzum.«

»Kurzum?«

»Kurzum. Aus. Ich erzähle nicht, damit ihr euren Spaß habt. Ich hasse meinen Hintern, das ist alles, und ihr werdet ihn nie zu sehen bekommen.«

Ach, darüber werde ich dir schon hinweghelfen! Was ist das für ein Altruismusorkan, der plötzlich durch mich hindurchgeht? Für diesen Knaben, ausgerechnet ich?

»... ich erzähle das nur, weil, ›worüber wird eigentlich geredet‹? Ich will die Sache auf den Punkt bringen. Es ist nicht die Blutschande. Ich finde es nicht schlecht, gestreichelt zu werden, das kann doch nur gut sein, ob Vater oder nicht, mir ist das gleich, hab kein großes Moralgefühl, und heute ist sowieso alles erlaubt. Ich bin gegen nichts. Ich bin für alles. Ich gestehe ihm alle eure Entschuldigungen zu, daß die kleinen Buben so einen schönen Po haben, die kleinen Mädchen übrigens auch. Ich hätte ihn sogar sympathisch finden können, ihn (»ihn«), denn er war es. Andererseits. Ja, ich gehe sogar noch weiter, auch wenn es mich hart ankommt: ich hätte ihn vielleicht gern, hm gern gehabt. Alles, was ihr wollt.«

Bloß, da ist was, das nicht in Ordnung ist, sagt er. Der Chef ist er.

Und er gibt die Litzen nicht her.

Und das versaut alles, sagt er und ist abgetaucht. Ich habe gesehen wohin, als ob ich drin wäre. Denn Teufel auch, ich war drin. Es war eine Quelle, sprudelnd und schwarz: die Quelle des Zynismus. Ohne den Zynismus würde ich sagen: Quelle der Verzweiflung. Der seinen, der meinen, das gleiche. Er hat mich sehen gesehen. Wir sahen durch uns hindurch.

Begegnung in den Untiefen.

Wir sind alle übereingekommen (jetzt bin ich gezwungen, mich zum Einheitsgeschlecht zu bekennen, na gut, um so besser, ich lege keinen Wert auf das Privileg des Gettos), daß das Unglück nicht das Geschlecht ist. Und auch nicht die Blutschande.

Das Unglück ist der Chef.

Das Geschlecht selbst ist reiner Diamant. Der Diamantmoment inmitten der Scheiße. Die Urgewißheit, klar, kristallen und von größter Schönheit.

Es stimmt schon, wir waren alle ein wenig exaltiert, zwischen Nacht und Morgengrauen und einem Vollmond, der nahe daran war, auf die andere Seite der Erde zu rutschen, und als die Nachtigallen zu singen anfingen, haben wir sie wie einen Segen empfunden.

Wie kann ich solche Dinge sagen und danach, nach all dem, den Nachtigallen lauschen? Nach diesem Schlammloch. Wieso ekeln mich Schwänze, Sex, Macker nicht an? Das Leben. Wie kann ich noch etwas lieben und sogar, eventuell, jemanden?

Oh, Moment mal, es gibt Dinge, die mich anwidern, Sie können beruhigt sein, daran fehlt's mir nicht. Manche behaupten sogar, viel zu viele (womit wird das eigentlich gemessen? Aber lassen wirs), ich sehe halt das Schlechte überall.

Aber es ist überall!

Einverstanden, ich bin ein mißtrauisches Nichts, man könnte auch sagen, eine etwas schizophrene und zyklisch ganz schön gestörte Paranoikerin. Aber wer kommt da wohl ungerupft davon?

Versuchen Sie's doch mal mit der Überfahrt, Sie werden sehen, in welchem Zustand Sie sind, wenn Sie auf der anderen Seite lebend ankommen. Vielleicht werden Sie den Rest Ihres Lebens nur noch kotzen. Es gibt Leute, die hören völlig mit dem Essen auf, um das zu vermeiden, daß ich selbst dran vorbeigekommen bin, liegt am Zufall, an Umständen und an Babette (möge die Erde ihr leicht sein). Andere Ehemalige mit Maulkorb machen nicht einmal mehr den Mund auf, sie sind an eigens dafür ausgedachten Orten, sitzen vor nichts und machen unter sich. Ich, ich reiße meinen ganz groß auf, damit alle mich hören.

Wie Louise sagen wird:

»Du kannst es über alle Dächer schreien. Wenn ich rede, töte ich. Du hast es schon getan.« Ich habe gelacht:

»Ich habe sie alle getötet.«

»Deshalb. Man braucht einen Mörder.«

Und hier bin ich.

Zuerst waren wir einfach nur Kumpels, na ja, Kumpels ist vielleicht übertrieben. Eher Katzen mit gesträubtem Fell. Miteinander Konkurrierende. Keine Wahlverwandtschaft, nicht gleichgesinnt, wir konnten uns eigentlich nicht ausstehen.

Seit dieser Nacht, der Nacht des Chefs, befinden wir uns in einer neuen Phase, Jason und ich. Nicht, daß wir uns liebten, nein, damit hat es nichts zu tun. Nicht, daß wir uns besser verstanden, bei der Arbeit gerieten wir uns noch genausooft in die Haare. Aber plötzlich packte es uns. Dieser Blick und hopp, alles stehen- und liegenlassen, und auf ging's, das konnte nicht warten. Wir brauchten das. Wir hatten Durst. Wir sprangen ins Auto, ohne Proviant, und ab in den Süden. Zum Ort der Erlösung. Der gegenseitigen Erlösung.

Was für eine seltsame Art von Freunden waren wir doch geworden. Hatten nichts gemeinsam als eine Quelle. Brodelnd und schwarz, und nicht trinkbar.

Selbst mein geliebter Laing steckte tief drin, der schreibt, daß man nie die Erfahrung des anderen sieht. Wir hatten die unsere einander angesehen. Wir hatten uns in flagranti ertappt. Es war die gleiche.

Wir hatten nichts voreinander zu verbergen, wir standen bloß da. Kompromittiert. Wir hatten das Recht, einander ins Gesicht zu sehen. Unsere Droge hieß: keine Grenze. Kann man zu zweit zusammen sein, ohne zu lügen? Überhaupt nicht. Eine Herausforderung. Gang auf der Rasierklinge. Halsbrecherisch. Verdammt starr, hart, wild. Leidenschaftlich. Köstlich.

›Aus?‹ O nein. Weder bei ihm noch bei mir. Die nicht annehmbaren, verfluchten kleinen, nie herausgekommenen, nicht einmal sich selber eingestandenen Einzelheiten wurden mit Gewalt aus ihren Löchern gezogen. Wiederbelebt, unter Tränen und Krisen, das große Scheuern.

Er setzte mir meine Stücke wieder zusammen. Ich half ihm, »drüber hinwegzukommen«.

Beschissene Puritaner, die wir alle sind.

Und was gesteht man als letztes, nun raten Sie mal?

»Was für ein Zirkus, als die Romanze mit meinem Erlöser entdeckt wurde! Alle droschen auf mich ein. Das heißt, drei. Paul, nicht da. Wo?«

Drei, die mich eines Sonntagnachmittags bei meiner Rückkehr von den Pfadfindern erwarteten. Alle standen da. Feierliche Haltung. Standen bereit für die Tragödie, war das komisch. Er, mein Vater, aufrecht wie ein Pfahl, die Arme gekreuzt. Ein Pflaster auf dem Maul. Meine Mutter holte einen Packen halb zerrissener Blätter hervor – Unglück, mein intimes (ex-intimes) Tagebuch, das ich so gut versteckt hatte! Ein Blick in mein Zimmer, sperrangelweit offen, zeigt mir alles durcheinander gewühlt, Matratze abgedeckt, Bücher auf dem Boden, Papiere, Hefte, alles: das ist seine Handschrift. Der Hausbulle. Man hat eine Haussuchung bei mir gemacht!

Vergewaltigt. Diesmal ja, vergewaltigt.

Und das hier, was sind das für Schweinereien? (meine Mutter, wobei sie meine gesammelten Werke schwenkt), und ich bin nicht nur eine heuchlerische Diebin, sondern auch noch sittlich verkommen, und Gina: man braucht sie doch nur anzusehen, diese Augen! Was ist denn mit meinen Augen, und in was mischt sie sich überhaupt ein, und was hat sie unter meinen Richtern zu suchen? Und wo ist Paul?

Sie sind gestern abend nicht zum Abendessen gekommen, diese feinen Leute waren auf dem Land. Wir haben kein Rendezvous ausgemacht, Paul und ich.

In diesem Stadium winde ich mich noch. Ich streite ab, die Sache eilt sehr: aber das hat doch überhaupt nichts zu bedeuten, das ist doch nur Literatur!

»Schöne Literatur, das kann man wohl sagen. Dieser

ganze Unsinn, und das habe ich alles lesen müssen, um dich endlich kennenzulernen. Du hast eine schmutzige Phantasie, mein Kind (wer sie mir schmutzig gemacht hat, danach wird nicht gefragt). Du bist wirklich zu allem fähig. Und dieser »Engel«, wer ist das?«

»Aber das ist doch alles reine Erfindung, ich habe mich nur amüsiert!«

»Hübsche Spiele. Und dazu noch verlogen (erschüttert), wirklich, du hast mich total enttäuscht (verheißungsvolle Ruhe). Leider wissen wir, wer es ist.«

Was haben sie denn herausgefunden, diese schlauen Spürhunde, sollte mir trotz aller Vorsicht ein Hinweis rausgerutscht sein? Ich kann mich einfach nicht mehr erinnern, was alles drinsteht, nicht an ein einziges Wort. Nur, daß ich die Erscheinungen auf dem Friedhof drin gelassen habe, wegen der Schönheit. Und daß mir mein Ding da eher lustig als schmutzig vorkommt, Scheiße, ein Blinder mußte doch sehen, daß ich Spaß gemacht habe.

»Aber das ist niemand, ich hab nur Spaß gemacht, das sieht man doch.«

»Streng dich nicht an. Wir wissen Bescheid.« Sagt meine Mutter. Eisig. »Ihr seid gesehen worden!« platzt Gina heraus, die die erschreckten Zeichen ihrer Schwägerin nicht beachtet, die schöne Spannung ist dahin, und in wahnsinniger Wut gerät sie voll in Fahrt: »Wenn du etwa glaubst, daß du die erste bist, haha, ich kenne ihn nur zu gut, ich lebe leider mit ihm zusammen, der ist doch bekannt dafür, er mag frisches Fleisch, er ist sogar schon mal mit der Hand in der Tasche erwischt worden (für Metaphern ist Gina sehr begabt), er ist ein ganz fieses Stück, wenn du es genau wissen willst (ist schon geschehen, danke, er hat die Botschaft selbst überbracht). Aber diesmal hat er sein Fett weg!«

Oh, mein Gott.

»Übrigens hat er gestanden.«

Ich bin wie gelähmt. Gestanden. Nein, das hat er nicht gekonnt. Aber warum ist er nicht hier, was haben sie mit ihm gemacht? Haben sie ihn umgebracht? Eingesperrt? Bedroht? Aber gestanden, nein. Unmöglich und außerdem, was gestanden? Ich jedenfalls werde nichts gestehen, und so ist es auch gekommen – »Das ist nicht wahr, es war nichts zwischen uns, wie du sagst! Wir haben uns unterhalten, das ist alles.« – »Habt ihr euch zum Reden versteckt?« – »Und dazu auf einem Friedhof!« wirft meine Mutter ein, die dieser Punkt tödlich zu schockieren scheint, dann ist es also wahr, dann hat man uns gesehen, was sind wir doch für Idioten, und wer? Und was? Ich klammere mich an die Äste gegen Wind und Flut, Wahrscheinlichkeit und Realität: Das ist mein Heimweg, das ist alles – und jetzt macht er den Mund auf, mein Vater, und ich sehe, daß darin ein Zahn fehlt, vorne. Ein Zahn. Ein Pflaster. Herr. Paul! Sein Fett ... – jetzt macht er, mein Vater, den zahnlosen Mund auf, wagt es, legt sich ins Zeug:

»Rothschild, sagt dir das was? Aber ich habe Augen im Kopf ...«

»Ah, du nicht! Nicht du. Wenn du nämlich anfängst, dann ich auch!«

Es hat mich übermannt. Eine unwillkürliche Reaktion. Die Sicherung ist rausgeflogen, es war zuviel. Er, das war zuviel.

Meine erste Stellungnahme in dieser Sache. Jetzt ist alles klar, selber schuld dran, uff.

Totaler Erfolg. Schweigen. Reglosigkeit. Statuen. Drei mit offenem Maul mir zugewandte Statuen.

Schade, daß ich Ihnen das Foto nicht zeigen kann. Es war groß. Ich wäre unscharf drauf gewesen, weil ich an allen

Gliedern gezittert habe. Aber das Bild kommt ins Theaterstück.

Darauf starrt er mir, weil er festgestellt hat, daß von keiner Seite irgend etwas kommt, in seiner ganzen Größe und hochmütig mitten ins Gesicht. Hypokrit eins in seiner ganzen Herrlichkeit:

»Ja was denn, ›ich auch‹. (Pause) Womit willst du anfangen? (Pause) Na, dann sag schon, was du zu sagen hast. (Ruhiges Abwarten) Wenn du etwas zu sagen hast, dann sag es.«

Und ich schweige.

Ich schweige.

Ich schweige.

»Ihr könnt nicht sagen, daß er keinen Schneid hatte. Er hatte Mumm im Leib.

»Unten«, sagt Dona. »Im Unterleib.«

»Mumm im Unterleib. Schöner Titel, falls ich eines Tages einen Krimi darüber schreibe.«

»Ich frage mich nach wie vor, wie du mit so was deine Scherze machen kannst«, seufzt Ruth.

»Ich werde dir sagen, wie ich das kann: es sind keine Scherze.«

Ach, ich machte bei weitem nicht so eine gute Figur wie er. Ich war halbtot vor Scham, wegen meiner Feigheit. Ich kann mich höchstens rühmen, daß ich nicht die Augen vor ihm niedergeschlagen habe. Wenn mich das trösten kann. Kaum.

Hatte ich etwa gehofft, daß er die seinen niederschlägt? Oje.

Oder daß sie den andern aufgehen, haha.

Aber andererseits, stellt euch das vor. Selbst wenn ich den Schneid dazu gehabt hätte: ich hatte DIE WÖRTER nicht! Die hübschen kleinen Wörter Papas, auf diesem Gebiet mein einziges Gepäck, die genügten überhaupt nicht.

Ich hatte den Schluß des Theaterstücks.

Die Untersuchung. Ich muß sie erwähnen, weil, das ist üblich. Wenn man Anklage erheben will wegen Verführung. Man wollte. Gegen Paul selbstverständlich, gegen wen sonst.

Ich habe ein Anrecht darauf gehabt.

Ich will dazu nur folgendes sagen: verglichen mit dieser Verletzung meines Schamgefühls bekam das Gebaren Papas fast so etwas wie einen Anstrich von Liebenswürdigkeit.

Negativ. »Intakt«.

Er war sehr vorsichtig.

Seine Vorsicht rettete Paul.

Es gibt eine Gerechtigkeit.

In meinem Elend kam mir eine erfreuliche Idee. Muß der sich geärgert haben, daß er »sein Werk nicht ganz vollendet« hatte! Damit hätte er sich auch noch an Paul rächen können.

Dieser Schlag war eindeutig daneben gegangen.

Nein

Als er sich, wie die Faust auf dem Auge, in diesem hoch über einer Ebene gelegenen Klosterinternat gezeigt hat, in das ich, jäh aus dem Gymnasium herausgerissen, eiligst gesteckt worden war, vergraben unter drei Schichten Schweigen: meine eigene Feigheit, meine unverziehene Demütigung und meine Unkenntnis über Pauls Schicksal,

an diesem von hohen Mauern umfriedeten und von frommen Schwestern geleiteten Ort, der allerdings seinem Auftrag, mir kindlichen Sexualschutz zu gewähren, nicht genügte, weil es innerhalb dieser Mauern Jeanne-Marie gab und weil, wie man da drinnen lehrte, »der Teufel in der Mitte ist, wenn man zu zweit ist«, und, welcome, genau dadurch ging mein vorerwähntes, mit Verschlagenheit angereichertes junges Wissen nicht verloren, sondern wurde verdoppelt und mehr noch durch die »Freiwilligkeit« und das Feuer der verliebten Komplizenschaft in ihrem schönsten Alter,

als er im Sprechzimmer erschien und dort aufgrund meiner wortlosen Weigerung, in seiner Gesellschaft von Gesetzes wegen auszugehen, im Restaurant zu Mittag zu essen, mir in der Stadt weiß Gott was zu kaufen, gemeinsam einen Ausflug aufs Land zu machen (vielen Dank, ich hatte das Land einmal mit ihm erlebt, ich wußte, wie er die Natur liebte), abgewiesen wurde, wobei das alles unter der Vorspiegelung einer als wünschenswert vorausgesetzten vorzeitigen Befreiung geschah, die jedoch eher die seine gewesen wäre, zum Austausch von Gunstbezeigungen, umsonst gibt es nichts, daher fühlte ich mich eingesperrt freier und ging nicht darauf ein, und er schluckte seine Angebote runter; kam wieder auf das Offizielle zurück –

dieser Besuch erfolgte also offiziell, um mich wissen zu lassen, daß man mich zum neuen Schuljahr wieder nach Hause holen würde, da meine geliebte Schulbildung, auf die man so großen Wert legte, hier Gefahr lief, Schaden zu nehmen. Und daß er dann nicht mehr zu Hause sein würde. Mußte weit fort, wahrscheinlich für lange oder wer weiß, seufzte er dramatisch, vielleicht komme ich nie mehr zurück, es gelang mir, jegliches Freudenleuchten in den Augen zu löschen, obgleich ich sie nicht niederschlug, das jedenfalls nie, ich schenkte ihm bei dieser Gelegenheit meinen schönsten Krakenblick. Dann bettelte er mir das Versprechen ab, meine Mutter, wenn er fort sei, nicht zu verlassen, und hielt es für gegeben, denn er dankte mir im voraus, und dann, dann, auf mein Wort, war er im Begriff, wirklich durchzudrehen, man darf nicht träumen, sagte er zu mir:

»Ich mochte dich, weißt du ...«

Jaaa. Bin bestens versorgt.

»Wirst du mir eines Tages ... wirst du ...« – was, wollte er mich um Verzeihung bitten? Die Krake unterbrach ihn, seine Lippen zitterten, wollte er anfangen zu weinen? Er beugte sich traurig herab für das Aufwiedersehen, das ein Lebewohl war, wir wußten es noch nicht, zielte familiär nach meiner Wange, Scheiße, er wird mir doch nichts drüber laufen lassen, und um mich vor dem Regenguß zu schützen, wich ich zurück. Öffnete in meinem Rücken die Tür und verschanzte mich hinter den Mauern. Den beschützenden.

Gebt die Illusion auf, ihr guten Leute, die ihr in dem Glauben befangen seid, vergangenes Unglück müsse ein Leben lang das Gedächtnis aufwühlen, als sei es eine Pflicht, immer und immer wieder dafür zu bezahlen,

gebt die moralische Illusion auf, die so hübsch in eure schuldigen Seelen eingepflanzt wurde, die Erinnerung an unreine Augenblicke könne nur eine endlose Wiederkehr der Hölle der frühen Jahre sein.

Ich weiß nicht, warum, aber es gelingt mir nicht. Eine gemeine Mentalität, oder? Es sieht so aus, als ziehe die Masche bei mir nicht. Die vorteilhafte Masche, die da lautet: man wird gebeten, sich immer wieder selbst zu unterdrücken, wenn sonst niemand mehr da ist, um es zu tun. Andernfalls herrscht Anarchie. Auch so ein trostloser Konsens, sich Krebs zuzulegen. Schaut euch Jesus an, nur die Wunden hat man behalten. Während der Kerl ein toller Optimist war.

Die Verwüstungen von einst stellen sich mir heute schmerzlos dar – undankbar bin ich! Ich habe nicht einmal Albträume. Eine solche Ausrottung mit Stumpf und Stiel müßte eigentlich beunruhigen: das ist nicht gut.

Ich könnte daran zweifeln, ein Unterbewußtsein zu haben, kämen nicht alle meine Höhen und Tiefen aus dieser Dunkelheit.

Oh, ich erkenne dich, du Lump, der in mir wohnt und mich an der Hand hält. Wie meine Mutter sagte: »Du bist zu allem fähig.«

Jaaa. Muß man.

Dabei erinnere ich mich. Ich vergesse nicht. Es ist da. Das bin nämlich ich. Ich zeichne mich nach: guten Tag, Kleines. Ich betrachte dich durch das große Ende des

Fernglases, ich sehe dich dort, gefesselt in deinem hinterhältigen Doppelknoten. Wenn ich die Tage bis zu deiner Freiheit zähle – deren Zahl über tausend mehr betrug als jetzt, ein Glück, daß du nicht auf sie gewartet hast, um den Strick zu zerreißen, es war eine verdammt gute Idee.

Leiden, weil man gelitten hat, nein. Wenn auch nur ein Lebensfunken übrigbleibt, sobald der Strick einmal durchgeschnitten ist, Mann, da gibt's nichts anderes als vorm Galgen wegzulaufen so schnell einen die Beine tragen und hinauf auf die Hügel, um das Wunder zu genießen, noch auf der Welt zu sein.

Dank II

Etwas, wofür ich ihm dankbar bin, ist sein frühes Ende. Das mich zur Halbwaisen gemacht hat (immerhin das), als ich noch das Leben vor mir hatte.

Wäre er nicht vorzeitig gestorben, er wäre mir nie von den Fersen gewichen. Er hätte wie eine Napfschnecke an mir geklebt (zu Recht stelle ich in der Metapher den Fels dar). Er hätte mich überall wiedergefunden: er war ein sehr guter Bulle, außerdem fiel ich überall auf. Er hätte auf meiner Fußmatte geschlafen. Vor der Tür meines Landhauses, auf dem Rücksitz meines Kabrioletts, in meinen Stiefeln, in der Hundehütte. Er wäre bei jedem meiner öffentlichen Auftritte plötzlich angekommen, schlecht angezogen, zerlumpt, weinerlich, die Hand ausgestreckt: der arme Vater, verlassen von seiner mit ungeteilten Reichtümern (also das kommt schon gar nicht in Frage) ausstaffierten Tochter. Er hätte Klage gegen mich erhoben wegen Beistandsverweigerung eines mittellosen nahen Angehörigen: es scheint ein Gesetz zu geben, das die armen, im Elend lebenden Eltern aus Scham nicht anzurufen wagen. Aber er hätte. Und er hätte mich verurteilen lassen (er war prozeßsüchtig: profihaft). Ich hätte mich sicherlich nicht gefürchtet zurückzuschlagen und den Richtern meine berechtigten Gründe gesagt, aber wo sind die Beweise? Und wer würde mir glauben? Außerdem gibt es Verjährung. Ich hätte meinen Fall und jegliche Glaubwürdigkeit verloren, er wäre mit einer Einstellung des Strafverfahrens davongekommen, wie in der Familie.

Um von ihm loszukommen, wäre mir kein anderer Ausweg geblieben als der, meine liebe kindliche Wahnvorstellung in die Tat umzusetzen und ihn zu ermorden.

Notwehr hätte man mir nicht zugestanden, und ich wäre wie Violette wegen Vatermordes im Knast gelandet, so eine Ungerechtigkeit.

Dank denen, die ihn, obgleich sie nicht zu meinen Freunden gehörten, mitten am Ruhmeshimmel über einer fremden Stadt abgeschossen haben und ihm außer einem Augenblick der Schönheit das Glück der einzigen ehrenhaften Heldentat seines Lebens schenkten, denn im Gegensatz zu seinen bis dahin verkündeten Ansichten und auf Grund eines unerklärt gebliebenen Zufalls (Gegenwinde? Gestörter Kompaß? Schießirrtum?) war er in diesem Augenblick auf der richtigen Seite. Was aus mir einen Sprößling ohne Schandfleck macht und aus seinem ganzen Leben ein Denkmal von irgend etwas

aber,

lassen wir das,

denn nicht weil er etwas Besonderes besaß, hat er hier seinen Platz,

sondern weil es etwas Gewöhnliches war.

Der Überlebende

Der Kampf hat sieben Jahre gedauert. Ich habe jede Schlacht verloren.

Aber nicht den Krieg.

Als der Feind endlich gefallen ist und ich auf Grund der Umstände zum Boten seines Todes wurde, habe ich versucht, ein Gesicht aufzusetzen, das seine Witwe, der ich keine Kränkung zufügen wollte, wenigstens nicht schockierte.

Ich fürchte, daß es mir nicht ganz gelungen ist. Und daß sie unter meiner schlecht sitzenden Maske das Lächeln des Überlebenden bemerkt hat.

Hinweise

Dieses Buch ist Jeffrey Moussaïeff Masson gewidmet, der Mitarbeiter des Freud-Archivs in London war. Siehe: *Le Réel escamoté* (der Verzicht Freuds auf die Theorie von der Verführung). Aubier Montaigne, 1984. [Dt.: *Was hat man dir, du armes Kind, getan? Sigmund Freuds Unterdrückung der Verführungstheorie*. Übersetzt von Barbara Brumm, Rowohlt Verlag, Reinbek 1984]

83 »Double nœud« [dt.: »Doppelknoten«], die angemessene Übersetzung von »double bind« (Ronald D. Laing und angelsächsische Psychiater). In der Regel auf Französisch von den Experten durch die Zweideutigkeit »double lien« [dt.: »Doppelbindung«] verfälscht.

84 Louise Armstrong, *Kiss Daddy Goodnight. A Speak-Out on Incest*. Hawthorn Books, Inc., New York 1978. [Dt.: *Kiss Daddy Goodnight. Aussprache über Inzest*. Übersetzt von Helga Herborth. Suhrkamp Verlag Frankfurt am Main 1985]

87 Janet Malcolm, *In the Freud Archives*. Alfred A. Knopf, New York 1983. [Dt.: *Vater, lieber Vater... Aus dem Sigmund-Freud-Achiv*. Übersetzt von Eva Brückner-Pfaffenberger, Ullstein Taschenbuch, Berlin 1986]; p. 55. »Auschwitz made a man of me«. Zitiert anläßlich der Trennung des Freud-Archivs von J. M. Massons, weil er die Ergebnisse seiner Untersuchungen öffentlich dargelegt hatte.

163 »Chiens et chiennes de garde« [dt.: »Wachhunde und -hündinnen«]. Allen voran die berüchtigte Dolto; Zitate: Françoise Dolto: *Beim Inzest Vater/Tochter bewundert die Tochter ihren Vater und ist sehr stolz, ihrer Mutter die Stirn bieten zu können*!

. . . .

Frage: *Dann ist das kleine Mädchen also immer einverstanden?*

FD: *Voll und ganz.*
Fr.: *Aber es gibt doch auch Fälle von Vergewaltigung?*
FD: *Es gibt überhaupt keine Vergewaltigung. Sie sind einverstanden.*
(Alles übrige, im gleichen Geist gehalten, in: »Choisir«, Interview, November 1979.)

Inhalt

Die Bücher von Christiane Rochefort im Suhrkamp Verlag:

Das Ruhekissen. Roman
Aus dem Französischen von Ernst Sander. 1959
auch als *suhrkamp taschenbuch 379*. 1977

Kinder unserer Zeit. Roman
Aus dem Französischen von Walter Maria Guggenheimer. 1962
auch als *suhrkamp taschenbuch 487*. 1978

Mein Mann hat immer recht. Roman
Aus dem Französischen von Walter Maria Guggenheimer. 1965
auch als *suhrkamp taschenbuch 428*. 1978

Eine Rose für Morrison. Roman
Aus dem Französischen von Eugen Helmlé. 1967
auch als *suhrkamp taschenbuch 575*. 1980

Frühling für Anfänger. Roman
Aus dem Französischen von Eugen Helmlé. 1970
auch als *suhrkamp taschenbuch 532*. 1979

Zum Glück gehts dem Sommer entgegen. Roman
Aus dem Französischen von Eugen Helmlé. 1977
auch als *suhrkamp taschenbuch 523*. 1978

Die Welt ist wie zwei Pferde
Aus dem Französischen von Eugen Helmlé
suhrkamp taschenbuch 1244. 1986

Die Tür dahinten. Roman
Aus dem Französischen von Eugen Helmlé. 1990